# 拚命

增訂新版

## 外傷急症外科的生命救援現場

傅志遠 著
林口長庚紀念醫院外傷急症外科主治醫師

推薦文

# 臺灣的「外傷重症中心」

——陳瑞杰　臺北醫學大學講座教授、前臺灣外傷醫學會理事長

傅志遠醫師是一位優秀急症外傷外科醫師，我們一起在林口長庚、中醫附醫、北醫萬芳三家醫學中心，共同打拚了近十年。他在《拚命》這本書記錄了許多重大外傷的案例，並以生動感人的筆觸，帶領讀者深入外傷急救，從診斷到治療，再到康復的每一個環節。傅醫師的故事不僅談及醫療技術的挑戰，更是深刻探討醫病關係、家庭倫理和生命價值的面面觀。

近期，Netflix《外傷重症中心》是一部以外傷醫療爲主題的韓國劇集，敘述一位有戰地經驗的醫師，帶動急診外傷醫療改革，建立頂級外傷重症中心的故

事。劇集通過生動的劇情和緊張的場景，展示了醫療工作者在面對緊急情況時的專業技能和團隊合作精神。Netflix 韓國劇集《外傷重症中心》，也引起臺灣社會與醫界廣泛的討論，以爲臺灣外傷醫療遠落後於韓國。

其實，臺灣外傷醫療發展遠早過韓國，各大醫學中心以林口長庚爲例，於一九九一年成立外傷科，建立以多重外傷即時治療之跨團隊科別，因位於高速公路旁的地利之便，快速累積大量治療經驗，導入許多國際創新之技術，如本書中提及：動脈血管栓塞術、損傷控制手術、外傷非手術療法、血管神經重建、顯微重建手術等。加上引進美國高級外傷救命術訓練，以及系統性外傷個案登錄，並積極於國際期刊論文發表。二〇〇〇年前，已然全面改寫臺灣外傷醫療之成績。二〇〇五年後，又由於邱小妹自臺北不當轉院至臺中沙鹿治療，更引發後續由衛福部出面，主導臺灣外傷系統建制與全國性的定期急重症評鑑。

外傷其實是一種疾病，有特定族群、致病機轉，且可透過預防來減輕傷害或減少死亡。同時它也是與時間賽跑的疾病，如果無法於最短時間內，送達有能力治療的院所救治，將導致許多年輕生命的隕歿與家庭的破碎。外傷系統是每個國家社會之重要安全網，臺灣已依分區建立急重症外傷照護網絡，專責處理困難複雜外傷病人，也已將「事故傷害」於國內十大死因排行，由二〇〇〇年前第四名，於二〇二三年降爲第九名。但在現今複雜多元的社會中，外傷醫療團隊背負著極大高壓與辛勞，需要社會大眾、政府、醫界，大家共同來珍惜維護。

最後，希望各位能透過本書，一同來體恤當今系統中不完美；同時也鼓勵外傷急症同好們，在面對衝擊時，除了治病，更要堅持對生命的尊重。Netflix 韓國劇集《外傷重症中心》的高收視率，對臺灣是一個很好的啓發。我以一位臺灣外傷醫療老兵身分，誠摯呼籲各界來支持將傅醫師《拚命》這本書，改拍成類似劇集。不僅可以展現本土醫療實力，激勵年輕族群投入，讓民眾同理醫者的付出，醫病更和諧，臺灣更好。

二〇二五年三月十二日

推薦文

# 在生死之間：一位外傷急症外科醫師的赤誠告白

——謝奇勳　臺灣外傷醫學會理事長

「這不是一本冰冷的醫學報告，而是一部充滿人文關懷的靈魂之書。」

感謝傅志遠醫師邀請我爲其改版後的《拚命》作序。從第一頁起，讀者就會在毫無防備之下立刻被帶入忙碌紛亂的急救現場：深夜的急診室，燈火通明，醫護人員急切的交談聲、病患不適的呻吟聲、各類儀器的警示聲交織成緊張的交響樂。這裡，是外傷科醫師們的戰場。他們用精湛的醫術和無私的奉獻，守護著一個個危在旦夕的生命。身爲多年來與傅醫師一起並肩作戰的同事，每個躍然紙上的生動故事讀來不但心有戚戚焉，更無一不是晨會中我們一起討論過的鮮活案例。

傅志遠醫師，一位資深的外傷急症外科醫師，以其多年來在急診室和手術室裡累積的豐富經驗，爲我們呈現了一幅關於生命的畫卷，一幅充滿挑戰、感動、反思，甚至讓人心碎的畫卷。這本書並非是醫學教科書式的病例報告，而是以平實的文字，娓娓道來一個個發生在急診室和手術室裡的眞實故事。這些故事，如同電影片段般，充滿張力，時而令人心驚膽戰，時而催人淚下，更時而令人深思。

本書忠實呈現那些遭逢意外的嚴重傷患，在手術室內與死神搏鬥的場景；讀者將目睹醫療團隊在緊迫的時間下，如何精誠合作，用盡全力成功搶救垂危的生命。在某些故事中，讀者會與作者共同經歷醫療人員在時間與資源的限制下，雖已盡其所能守護生命，卻仍難免面對無力回天的絕望，而也同時感受家屬在面對生死抉擇時的無助與堅強。

作者更以自身經驗，毫不避諱地展現了醫病關係的複雜性，以及醫師基於良知的堅持，甚且不忘對後輩適時的諄諄教誨。

作者並非以高高在上的醫師身分俯瞰眾生，而是以一個同路人、一個守護者的身分，將他與病人、與家屬、與生命本身的深刻互動，完整地呈現在讀者面前。他筆下的生命，不再是冰冷的數據和診斷報告，而是有血有肉、有愛有恨的個體，各自以其獨特的方式，詮釋著生命的意義。

敝人忝爲臺灣外傷醫學會理事長，在此誠摯向各位讀者推薦此本絕不容錯過的佳作。

二〇二五年二月二十三日

# 楔子

回想當時連主刀醫師都沒把握他會不會活，連加護病房主任都沒把握他能不能好。我們只要稍稍放手，他的人生就到此為止了。

急促的救護車鳴笛聲劃破天際，值班中的我知道這又是一個不平靜的夜。年輕的機車騎士與對方來車相撞，從變形的車體與碎裂的安全帽看來，不難想見當時撞擊力道之大。傷患很快地被送到本院急診，身爲當晚的外傷急症外科主治醫師，我第一時間就在急診急救室待命。

「血壓五〇，心跳一四〇，昏迷指數三分！」檢傷分類的護理師向我們報告他到院時相當不穩定的生命徵象。

「馬上插管！準備輸血與輸液！」我一邊指揮住院醫師幫病人建立呼吸道，

一邊拿聽診器確認病患的呼吸狀態。在我動作的同時，護理人員相當熟練地幫病人建立靜脈輸液管路。長期的外傷訓練與實戰經驗，整個團隊的運作已經很有默契。

雖然氣管內管已經放置，但病人左側的呼吸音幾乎聽不見，再加上鼓脹的頸靜脈，我判斷這是典型的「張力性氣胸」。於是立刻進行了針頭減壓與胸管放置，僅僅這兩個動作，病人的血壓就立刻回升，血氧飽和濃度也回到九五%。

我幫病人做了超音波檢查，不出所料，腹腔內有大量出血。雖然持續給予靜脈輸液與輸血，血壓卻未能再有改善，甚至又有往下掉的趨勢。

看來是不能再猶豫了，當下我決定立即進行開腹手術，外傷的病人治療與檢查要同時進行，甚至治療要走在檢查前面！

這時候，接到通知的家屬趕到急診現場，他們很擔心病人的安危，希望我對病情再多做解釋，有的家屬擔心是否有骨折，有的擔心腦部是否有受傷，甚至還有人擔心臉部傷口的美觀。礙於救命的黃金時間寶貴，我只能很簡短地說明：「現在的手術是為了救命！或許他全身還有許多傷處尚未治療，但我們必須先把命保住，等到活下來了，後續的問題再一個一個解決。」

手術中映入眼簾的是四分五裂的脾臟與左側腎臟，好幾條重要的血管都在出血。我很快地完成了脾臟與腎臟的切除手術，當出血獲得控制，心律與血壓也逐漸回穩。

但由於大量出血與休克造成的凝血功能不良，我決定進行階段性手術，先回加護病房觀察與治療，待病情完全穩定的四十八小時之後，再重回手術室。歷經多次手術，病患總算得以活下來。但在加護病房中持續的高燒不退與逐漸升高的黃疸，讓醫療團隊不禁開始擔心引發敗血症，甚至多重器官衰竭的可能。

每週一次的團隊會議中，我對他的恢復狀況感到悲觀，因此憂心忡忡地與加護病房主任討論：「你覺得如何？還有沒有機會？」加護病房主任的說法讓我放心不少：「年輕人的體質與本錢都比較好，只要加把勁多替他努力一點，我相信他能挺過來！」

歷經四十天的努力，他終於順利轉出加護病房，後續的復健也恢復得很不錯。沒有多久，他就可以下床走路，又過幾個星期，他就回家休養了。

和他當初被送到急診室的重度昏迷與休克相對照，他如今能夠與我們有說有笑，甚至拄著拐杖上下樓梯，這是當一個外傷急症外科醫師最有成就感、最驕傲的時刻。

病人出院後，門診追蹤的頻率從一週一次，漸漸延長到一個月一次，到最後每年只要一次，我漸漸忘記了這個病人。直到有一天，我收到一張喜帖，原來他要結婚了！喜帖內附了一張短箋，特別加註他寫的一段話：「感謝您！讓我的人生可以繼續。」

回想當時連主刀醫師都沒把握他會不會活，連加護病房主任都沒把握他能不能好。我們只要稍稍放手，他的人生就到此爲止了。

但是，現在他的人生可以繼續。

每回遇到工作的挫敗，我們都會用這樣的故事來激勵自己。事實上，這個故事還沒完，故事的主角可以替自己接著寫下精采的人生故事。而類似這樣的場景也不斷在我眼前上演，一幕幕，有悲、有喜，有些如煙花散落消逝，或如花束接枝重新展開新生活。

在看似一成不變的值班、看診、手術等工作中，總是充滿挑戰和變化，讓我見證多面貌的生命，時而脆弱的不堪一擊，時而卻又展現驚人的韌性；與各種不同病患或家屬的接觸，也使我重新思考生命的價值與對價關係；有風有雨的行醫之路亦不若求學般單純與一帆風順，每天都在發生醫學院裡不會教我的事。

我的工作是用手術刀幫病人寫故事，接下來我要告訴你們三十二個生死關頭的故事……。

十五年後——

文中的主角病人至今仍繼續著他的人生，因爲當年的不放手，這個故事才有後續；文中的另一個人物外科醫師，也還在他的拚命之路上昂首闊步。無論是對外傷醫療的投入，醫學散文寫作的熱情，十多年來我剛入行時如此，十多年後的今天我依然如此，二〇二五年，我們繼續拚命……。

《拚命》是故事的開始，但絕對不會是結束！

# 目錄

## 2. 生命的對價



## 3. 醫學院沒教的事

# 1.

# 生命之後，死亡之前

# 義肢上的指甲油

沒了雙腿，他仍堅持奮力地從輪椅上撐起來，只是為了要和我握手。在這一刻，我找到了自己熱愛工作的理由。

很多人問我，爲什麼會走上外傷急症外科這條路？這些年的工作經驗，我見證了生命的無常，也讓我體會到起死回生的感動與病患重生的喜悅。

外傷病患通常是比較年輕的族群，原本應該有大好的人生在等待他們，如果能夠治癒，就依然能夠重新回到社會，繼續扮演他們的角色，繼續將他們的能力發光發熱。相反的，若傷重難返，影響到的往往不是單一的個人，經常連帶著一個破碎的家庭，以及無盡的遺憾與悲傷。

週末的值班夜，我一如往常在急診室與開刀房之間忙碌穿梭。眾人狂歡的夜晚總是不平靜，藉著酒意的放肆，夜愈深，人愈瘋狂……但熱鬧的地方卻不止電影院、商場或KTV，急診室裡也是人聲鼎沸。

發了酒瘋的時髦小姐拿起碎酒瓶往手腕一劃；兩幫素昧平生的人馬，只因停車糾紛，在馬路邊大打出手，一群人一起被送進醫院；喝醉了動彈不得的酒客睡在路邊，被當做路倒的患者送進急診……趁著開刀結束的空檔，我到樓下急診看會診。

「今天眞旺，週末都是這樣！」急診醫師頭也沒抬繼續工作著。

「好吧！那你們加油，我還有會診要看。」看急診醫師忙到不可開交，本來想閒聊幾句的我也不好再打擾。

「急救室有重大傷患！請所有同仁準備！」正要離開的時候，急診門口檢傷處傳來重大傷患到院通知。所有人於是放下手邊的工作，一起衝進急救室。

傷患是個年輕女性，到院的狀態呈現嚴重休克與重度昏迷。

初步檢視病患，除了頭皮的撕裂傷正在滲血，其他部位沒有明顯外傷。在頭部包紮及給予輸液之後，血壓依然沒有起色，我幫病人做了腹部超音波，發現肚子裡面有幾千毫升的出血。

「通知手術室和加護病房，準備開刀！」腹內出血合併如此嚴重的出血性休克，需要立刻開刀止血。

「學長，要不要做個電腦斷層，看看是哪裡在流血？」住院醫師問了我後續處置的決定。

「病人現在需要的是治療不是檢查，等到檢查全部做完，病人大概也死了。做斷層不會改變病人需要開刀的決定！」我一邊安排手術的準備，另外也給學弟一些機會教育。

「急救室有重大傷患！請所有同仁準備！」正當我準備把這個病人推進手術室時，救護車又送來另一個傷患，年輕男性，雙腿嚴重變形。

「他們兩個是一起受傷的，撞他們的人自己沒受什麼傷，已經被送去做筆錄了。」隨後趕到的員警大哥向我們描述受傷的經過，年輕的情侶騎機車被酒駕者從後方追撞，後座的女生被捲進車底，前座的男生則是下半身被汽車輾過。

「女傷患先開！請通知手術室與麻醉科，可能還有第二台刀要同時進行！」

在時間有限、人力也有限的狀況下，我很快地安排好分工與人力配置，吩咐住院醫師先去準備開刀，在這個準備的幾分鐘空檔，我得趕緊完成後來這個男病患的評估，他有很高的機率也需要手術。

男病患的生命跡象與昏迷指數都正常，傷處只集中在兩側的下肢。雖然暫時沒有生命危險，但是雙腿的粉碎性骨折看來相當棘手，更讓我擔心的是兩隻腳的脈搏都不明顯，除了骨折之外，恐怕血管也斷了⋯⋯。

「幫他安排下肢的電腦斷層，通知血管外科與骨科評估血管受損的程度，我先上去開刀，隨時讓我知道最新狀況！」這頭忙完，我趕緊交代下去，另一頭還有一個病人在等我開刀。

女生的狀況相當糟，第五級肝臟撕裂傷，整個肝臟一路裂到下腔大靜脈，這樣的止血相當困難。而手術進行到一半，男生也被推進隔壁手術室，原來是電腦斷層顯示兩條腿的血管都被壓迫住，愈早進行手術，他的腿愈有機會保留，這時候血管外科與骨科醫師也已經趕到。原本應該是大家休息的週末夜，卻有七、八個醫師還在拚命，拚病人的命！大家都爲了救這兩條命而努力著。這一刻，我覺得自己並不孤獨，我知道我們眞的是一個「外傷團隊」。

手術後將傷者送到加護病房觀察，結果並不理想。女孩子在當天晚上就因爲無法控制的出血與嚴重休克而離開了。雖然團隊已經盡了最大的努力，我還是不得不在加護病房門口宣判病人的死刑，雙方的父母已經哭到崩潰不敢相信，只好把希望放在另一個人身上。

「那弟弟呢？弟弟怎麼樣？他沒有問題吧！他一定會好對不對？」家屬一連串的問題讓我很難招架，應該告訴他們事實，但也想給他們一點希望。

「目前兩隻腳都剛開完刀，右腳粉碎得太嚴重，可能留不住；左腳血管外科幫他做了動脈繞道重建，要看接下來這幾天的變化。由於開放性骨折多半伴隨嚴重的傷口感染，再加上血液循環受損造成的組織壞死，他可能還需要接受好幾次的傷口清創手術。」從他們當時激烈的反應，我不確定他們究竟聽進去多少。

加護病房裡，經過十幾天的煎熬與多次手術，終究他的雙腿還是保不住。醫護人員提到這個病人總是不勝唏噓，大家都替他擔心未來該怎麼辦。一場天外飛來的橫禍，不到二十歲就失去摯愛的人還有自己的雙腿，想必接下來的日子很難熬。他的父母找我談過幾次，除了關心傷勢之外，也包括他的心理問題。

「我還不敢跟他說女朋友已經走了，我跟他說女朋友已經轉到普通病房，你要快點好起來，才能快點轉出去和她見面。」雖然不願意在病人面前表露，但是大家都對未來相當悲觀。

隨著一天天的恢復，他開始嫌加護病房沒有人陪、沒電視看，催促我們快點把他轉到普通病房去。如今的他，和其他加護病房的重症患者比起來，沒人能想像他當初受傷送到急診的慘狀。

該面對的還是得面對，轉到普通病房的第一天，他就發現不對勁了。接下來的幾天，他變得沉默寡言，和之前的開朗判若兩人。因爲擔心病人的精神狀況，我交代病房要特別注意他的一舉一動，甚至會診了精神科醫師來跟他談談。

然而不論是生理或心理，病人恢復的速度讓醫療團隊相當振奮，他的開朗也讓我們相當意外。

幾天過去，病人的笑聲笑語又回來了。「日子還是要過啊！至少我還有我爸、我媽和我姊……。」他沒有因此放棄自己而一蹶不振，甚至復健的運動比之前更積極。

「醫生早安！我昨天胃口很好，吃了一整個便當喔！」、「昨天復健老師教我的動作，我都有努力練習，我覺得自己愈來愈好！」對於我叫他多吃、多活動的建議，病人的配合度相當高。

他的家人把電腦從家裡搬來，不同於其他病患總是拿電腦來玩遊戲或看電影，他的床邊擺了幾本程式設計的書。「我高中就對程式設計有興趣，現在不能走路，更要把電腦學好，才會有工作。」

「傅醫師好！」每次我來查房，他總是聲音宏亮地打招呼。「他是我的救命恩人！」每回有朋友來看他，總是這麼跟朋友介紹我。永遠是充滿笑容的一張臉，似乎這些不幸不是發生在他身上；永遠是那麼的熱情有禮貌，失去的雙腿與手術的刀疤並沒有把他打倒。

到了該出院的時候，他的爸媽還對後續的照顧有疑慮。希望我能讓他再多住幾天。「安啦！我會照顧自己！」反而是病人在安慰他們。

「除了我的門診，我會安排你去復健科。看看還有什麼適合你復健的運動，還有裝義肢的事情。」

「好耶！我要把我的義肢擦指甲油！」雖然是病人自嘲的玩笑話，卻讓我有種莫名的感動與感傷……。

出院後第一個回診日，病人依然精神抖擻。「傅醫師，謝謝你，真的！」沒了雙腿，他仍堅持奮力地從輪椅上撐起來，只為了要和我握手。

很多人問我，為什麼會走上外傷急症外科這條路？

在這一刻，我找到了自己熱愛工作的理由。

十五年後——

某天，我收到一則訊息：「傅醫師，我要結婚了。」看到阿傑傳的這則訊息，我在電腦前激動得無法自己。

一個勇敢的年輕人，雖然失去雙腿，但仍打起精神面對劇變後的人生。十五年前我寫這個故事的時候，他剛要出院，如今他要結婚了！

收到訊息的當下我就決定，無論如何排除萬難都一定要參加這場婚禮！我覺得自己榮幸之至，榮幸的不只是受邀婚宴，榮幸的是我可以參與一個從死到生的過程，見證一個了不起的巨人，從旁人無法想像的絕處中，絕處逢生！

這就是外傷醫師的特權。

救活一條命還不夠，救活的這條命，可以重回學校、職場、完成原本可能要被中斷的人生。當一個外傷醫師，知道當年救治的病人要開啓人生的下一階段，至此，夫復何求！

婚宴上，阿傑的父母很開心地與我擁抱，我們眞的好多年不見了。對他們的印象，還停留在加護病房門口說明病情的愁雲慘霧中，這一天他們是開心的主婚人。「傅醫師，謝謝你，謝謝你能來！」

我離去前他們再三謝謝我，其實，是我該謝謝你們才對，是你們讓我看到生命的強韌，是你們讓我再一次找到工作的價值。

——遇到絕處沒什麼大不了，能夠絕處逢生才是眞本事。

## 本能反應

我一毛錢都不會付！是你們自己要救我的。幫我開刀前你問過我了嗎？是你們不讓我死，為什麼還要跟我收錢？

多年來治療外傷的經驗讓我注意到一件事，高處墜落的傷患有一個共同的傷處。無論是傷重不治或輕微的皮外傷；無論他們墜落的動機是自殺、他殺或意外，他們共同的傷處是手指末端多少都有點抓傷的痕跡。

原因無他，因爲他們的潛意識在腳踩空的那一刻就後悔了。在墜地之前，人會揮動雙手，想抓住任何一點可以支撐的東西，這才造成手指末端的傷痕。

這是人類求生的本能反應。

我想起多年前，金融海嘯肆虐時發生的一件事故。一位被資遣的作業員因爲受不了龐大的經濟壓力，與妻子爭吵後一時想不開，在酒後走上絕路。他選擇了相當激烈的自殺方式——從住家頂樓跳下。

救護車將傷患送達急診室時，下肢已經完全變形並合併開放性骨折，這是很典型的高處墜落受傷型態。超音波顯示病人腹內正在出血，再加上嚴重的休克，我決定立即進行手術止血。

由於尚未聯絡到家屬，而病患本人又處於昏迷不醒的狀態，基於救人的黃金時間，我也顧不得那麼多，先將他推進手術室再說。這是個需要跟死神搶時間的手術。

病人的肚子裡大約有四五〇〇毫升的鮮血，除了有第四級肝臟撕裂傷之外，還有一段腸子撞爛了。我很快速地把撞爛的腸子切除並結紮，肝臟邊我塞了不下十片止血紗布。我的計畫是先做初步止血，再送病人回加護病房繼續治療，等狀況回穩，四十八小時後再重回手術室進行重建。

除了腹部止血外，開放性骨折也需要緊急手術，因此在病人推進手術室的同時，骨科總醫師也已經在裡面待命。當我進行開腹止血手術時，骨科也同時進行下肢骨折的清創與固定。不過由於雙腳的粉碎性骨折相當嚴重，當下骨科醫師就告訴我，右腳可能保不住，左腳雖然不必截肢，但預期功能的恢復也很有限。

手術結束後，我刻意看了一下病人的手指，指尖有明顯的擦傷以及指甲斷裂。此刻我很想問他，從頂樓躍下的那一秒是否後悔？

接到通知趕來的家屬，氣急敗壞地在加護病房門口想瞭解病情。病人的妻子再三拜託我一定要救他，也很後悔吵架時講了那麼傷人的話，「醫生求求你，他走了，我們全家就沒有依靠了！」

「我們會盡力救他，只是他目前還處於出血性休克的狀態，這兩、三天是能否脫離險境的關鍵期。另外，落地的時候兩條腿都摔斷了，右腳因爲粉碎得太嚴重，有可能必須截肢。」雖然很殘忍，但我仍必須實話實說，目前病患尚未脫離險境，就算能夠活下來，外傷造成的殘廢將跟隨他一輩子。

「拜託您一定要救他，錢的問題我們會想辦法，請您用最好的藥來治療！」

這是很多家屬都會講的話。其實不用他們提醒，該用的藥、該給的治療，只要對病患有幫助，我們絕對不會客氣。

病人拒絕讓自己活下去，但一群醫療團隊卻想盡辦法延續他的生命。此時，醫療團隊與病人站在互不相讓的對立面。這一刻我不禁猜想，當他醒來時，發現自己還活著，究竟是難過還是高興？或許，他會對醫療團隊的鍥而不捨感到無法釋懷。

經過多次手術與清創的反覆治療，病人總算順利轉出加護病房，我也開始積極幫他安排後續的復健工作。但是如此嚴重的病患，其病情本來就會起起伏伏，偶爾幾次會發生預料之外的變化。病人開始抱怨恢復不如預期，甚至對醫療團隊有些微詞，認爲我們的治療不夠完善、不夠積極。當時我很想告訴他，與其現在對病情如此關心，倒不如想想自己才是始作俑者。早知如此，何必當初呢？

接下來的一段時間，病人的恢復愈來愈快，他的情緒也愈來愈穩定，看起來並無異狀。爲了避免不必要的困擾，每一次查房我只問病情，至於他自殺的事則絕口不提。

某天夜裡，我正好巡視病房的另一位病人，離開時經過他的病床，聽到他與妻子的爭吵。或許沒有注意到我正從門口走過，他的妻子犀利的指責全進了我的耳裡。「你就這樣跳下去，以為死了就一了百了，那我跟孩子怎麼辦？況且你現在半死不活，我本來可以去工作的，結果還得照顧你！」

「我本來就不想活了，是妳叫醫生救到底的，當初妳如果放棄治療，就不會走到今天！」本來只是沉默不語的病人也開始大聲了起來。

眼見場面即將失控，我趕緊衝進去打圓場，安撫病人妻子的怒氣，也安撫病人的情緒，就怕他又再度想不開而做傻事。

經過一段時間，治療總算告一段落了，病人可以回家休養，然而，病人與家屬卻開始推託，不肯出院。理由是不願意支付龐大的住院費用，以及購買義肢與居家照顧看護人員的支出。

「基本上，大部分的醫療費用都由全民健保給付，你們要負擔的只是一小部分而已。如果經濟有困難，我可以請社工人員協調社會局提供協助。一直不出院也不是辦法。」此時，對於全民健保是否要替咎由自取的自殺行為買單的龐大議題已不在討論範圍內。我要做的是耐住性子，對他們採取道德勸說。

「我一毛錢都不會付！是你們自己要救我的。幫我開刀前你問過我了嗎？還是你有問過我的家人？我本來要死的，是你們不讓我死，爲什麼還要跟我收錢？」病人似是而非的理論，竟然還振振有詞，更令我吃驚的是，他的妻子在旁邊跟著點頭幫腔。

我不確定這是他眞心的想法，或者只是要賴不肯付錢的推託之詞，當天的談判在不愉快的氣氛中結束。

下班時，我仰望著醫院的大樓，想像他墜落的高度與跳下時的心情。誓死如歸的一躍而下、本能求生反應造成的手指擦傷、術後對自己病情的追究，到今天他抱怨我爲什麼要救他的一席話……或許連病人本身都不確定是否眞的要終結自己的生命。

雖然倫理課程總教我們要尊重病患意願，但攸關生死的危急關頭，身爲醫師的我只有唯一的責任，救活每一條命！

# 搏命換來的時間

傷者或許沒有終結自己生命的意願，但是他做的事卻是不折不扣的自殺行為。他在進行一場賭博，賭注是自己的一條命。

外傷急症外科的值班，偶爾會遇到自殺的病人。有的人是做做樣子，拿美工刀輕輕劃一刀；有的人死意甚堅，仰藥之後又從高樓躍下。大多數人認爲一槍斃命才叫自殺，慢性傷害自己的健康則沒有感覺。我不認同這種說法，我認爲「做一件對自己的生命有威脅的事，基本上就算是自殺」。

中年男子因爲大吐血而被送進醫院，做了兩次胃鏡止血，效果都不好，於是我被會診替這個病患開刀。大部分的消化道出血，都可以靠內視鏡來完成止血，而值班中最怕遇到的就是像這位病患一樣，是因爲肝硬化造成的食道靜脈瘤破裂出血。不僅出血的位置刁鑽難以單靠手術縫合，病患本身的肝硬化往往也合併了凝血功能不良與免疫能力不良。就算勉強靠手術止血了，經常在加護病房裡又會發生再次出血或肝臟衰竭。

眼看著大口大口吐出的鮮血與嚴重出血造成的休克，即使手術的風險非常高，我還是必須告訴病人的太太，現在不開刀不行的事實。

「他現在的狀況這麼糟，可以開刀嗎？」病人的太太對我的建議，顯然有些猶豫。

「就是因爲胃鏡止不住血，才需要馬上開刀止血，再拖下去恐怕就沒命了。」我指著生命徵象儀上低到不行的血壓數字，以及鼻胃管裡源源不絕流出的鮮血。

「以妳先生的病情，雖然手術的死亡率非常高，但是不開刀的話，則是必死無疑。」我很少把話說得這麼直接、這麼沒有餘地，不過情況危急，已經沒有多餘時間再容她慢慢考慮。

「好吧！那拜託你了……。」他的妻子牽著個孩子，對我鞠了一個躬。

明知道這是高風險的手術，但在別無他法的情況下，背負著家屬的信任與託付，外科醫師還是必須很勇敢地開刀止血。

整個手術是名副其實的「浴血奮戰」，當手術刀劃開腹部的瞬間，映入眼簾的是幾乎完全報銷的肝臟，嚴重的肝硬化使得胃與食道周邊形成一條條怒張的靜脈——這正是病人目前大出血的罪魁禍首。

在結紮出血靜脈的過程中，因為肝硬化造成的凝血功能不良，讓我在手術過程中吃足了苦頭。我很快地完成了止血手術，再把病人送回加護病房繼續觀察。

接下來的幾天，雖然令人擔心的再出血並沒有發生，但大量出血與大量輸血之後，原本功能已經不佳的肝臟開始不勝負荷，病人開始走向多重器官衰竭這條路。重症團隊用了許多方式都沒法子讓肝臟功能回復，原本因為止血成功而短暫被鼓舞的士氣，再度因病情的急轉直下而消失殆盡。

雖然還不到最後一刻，但是我必須提前讓家屬知道後續的變化，可能終究還是沒有辦法挽回病人的生命。

由於術後在加護病房一待就是一個多月，飽受煎熬、身心俱疲的家屬其實也早有心理準備，他們最後的要求是希望能夠在臨終前讓病人回到家。

「他不到二十歲就出來跑業務，每天跟客戶、老闆喝酒應酬，一喝就是十幾年。」病人的太太跟我訴說她先生酒國英雄的歷史。「一方面是工作需要，二方面他自己也愛喝，喝到後來上癮了，每天不喝酒就好像渾身都不對勁。」「前幾年檢查出來有肝硬化，叫他戒酒就發脾氣，一發脾氣就喝得更多。」

病人才四十歲不到，他的太太也年輕，孩子年紀還小。病人生病是很可憐沒錯，但我覺得病人的妻子、小孩更可憐。因爲自己的壞習慣，結果丟了生命，更傷害了家庭。

酒或許可以助興、可以佐餐，但是因爲酗酒把肝弄壞，這可眞的是自找的。酗酒之徒常將「喝酒傷身，不喝傷心」掛在嘴邊，他何嘗不知道肝硬化是喝酒造成，身在二十一世紀的臺灣，我不相信還有人不知道喝酒會傷肝。

如果說，「做一件對自己的生命有威脅的事，就算是自殺」的觀念成立，那麼自殺還會以另一種形式呈現：

急診室送來一位頭破血流的老太太，到院時生命徵象穩定且意識很清楚，她不斷向我們抱怨撞她的汽車駕駛，指責他車速過快又不煞車。急診的初步處置都把注意力集中在頭上的傷口，直到老太太突然抱怨胸口很痛，之後昏迷不醒，才發現她有多根肋骨骨折以及氣血胸。

隨後趕到的家屬劈頭就是一句髒話，接著把送老太太來就醫的肇事駕駛狠狠罵了一頓。駕駛坐在一旁只是沉默不發一語，激動的家屬甚至作勢要打人，「我媽媽如果有什麼三長兩短，我要你一命抵一命！」

反倒是一同來做筆錄的員警大哥看不下去了，趕緊阻止家屬的動作。「你們夠了吧！先聽醫生怎麼說。」

在胸管插入引流之後，氣血胸獲得緩解，病人暫時沒有生命危險，但需要觀察幾天。雖然場面不像剛才那麼火爆，但家屬的嘴裡依然喃喃自語表示不放過肇事者。「我要求你負責所有的醫藥費，還有之後的看護費，而且你每天都要來看我媽媽。」肇事者依然不發一語。

員警大哥這時候仗義執言：「他雖然撞到你媽媽，可是責任不全在他身上喔！你媽媽當時過馬路沒有走斑馬線，她直接穿越分隔島跨過馬路，這是非常危險的行爲。對開在快車道上的汽車駕駛來說，撞到突然竄出的老人家，你們倒楣，他也很倒楣！」聽完員警的分析，原本盛氣凌人的家屬也沉默了。

救治外傷病患這些年，這一類的病人相當多，我稱他們是「機率型自殺者」。傷者或許沒有終結自己生命的意願，但是他做的事卻是不折不扣的自殺行爲。可能是冒險穿越車潮洶湧的馬路，可能是圖方便闖紅燈、闖平交道。

他以爲每次都可以很幸運地穿過馬路，但其實在進行一場賭博。賭注是自己的一條命（或一隻手、一隻腳），賭輸了就把命賠掉，賭贏了就賺到提早幾分鐘過馬路。對我來說，這樣的賭博我連想都不會想，我更不會理解，爲什麼某些人會覺得這個賭注有利可圖？

把自己的性命交給擲銅板式的賭博來決定死與活，這樣的賠率是否划算？

十五年後——

和當年比起來，醫療科技又更進步了些，許多過往可能會死的疾病或外傷，現在可以在治療後痊癒，甚至一點痕跡也沒有；微創手術與各種輔助儀器的極致發展，讓病患從需要接受造成嚴重疼痛的大傷口手術，轉換爲只要在身上打幾個洞的「小」手術（實際上傷口小不等於小手術）。

然而就因爲這些進步，換來的是病人不理解事態的嚴重，不知道自己其實是面臨了生死交關的危險，反而更敢一而再再而三地揮霍自己的健康。

反正醫生會幫我治好。

當我們在思考用生命當賭注來換取時間或金錢時，我更想問的是，醫療進步與醫護人員的努力，是否反而更讓賭徒們覺得勝率翻倍？

## 補償的溺愛

我明白這是一種補償的心理，因為差點失去，才更珍惜這份相處的可貴，但有時也會矯枉過正，變成一種失控的溺愛。

面對突如其來的驟變，你心中是否曾有悔不當初的遺憾？或許是「子欲養而親不待」的喪親之痛，或許是一句對方再也聽不見的道歉，甚至是一份永遠傳達不到的告白。這個時候，縱然有再多的後悔也徒然。

有別於意外頻傳的週末夜，週日的值班顯得清閒許多，當我好整以暇地抵達醫院之際，來自急診室的電話突然響起。

一群高中生週末夜遊到天亮，大夥兒在清晨時解散，其中一個女生送同學回去後，再獨自騎著機車回家，就在變換車道時，遭到後方來車追撞。到院時面目全非的慘狀，讓我幾乎無法認出這是一位年輕女性。

她是很典型的多重外傷患者。左側氣血胸、顱內出血、臉骨骨折，再加上脾臟撕裂傷與腹內出血，我與神經外科決定同時進行手術，由神經外科取出顱內的血塊；我則負責處理腹腔內的出血。

但是病患到院時已經昏迷，而她的家屬到現在還沒聯絡上，因此手術同意書沒有人簽。由於治療迫在眉睫，不可能等到家屬趕來才進行，所以院方直接幫病人代簽，接著火速把病人推進手術室。話雖如此，我還是必須準備一份完整的手術同意書，才算完成整個程序，填寫時，我才注意到這位病人只有十七歲。

「這種家長也真是的，怎麼會讓自己未成年的孩子騎車夜遊？」雖然不關我的事，但見多了這些致命的意外事故，我忍不住抱怨了幾句。「這陣子放暑假，一大堆小孩子晚上不肯回家，在外面遊蕩，不是打架就是車禍，光這個星期就已經好幾次了。」一同趕來做筆錄的警察大哥這麼說。

「再麻煩你們儘快聯絡到家屬，來了之後請他們直接到手術室門口等，手術結束後，我會直接在那邊解釋病情。」結束了與警察大哥的對話，我得趕緊去開刀。「如果是我的小孩，闖這麼大的禍，我一定饒不了他！」臨走前我忍不住又念了一句。

手術後，病人被送到加護病房觀察，一群家屬圍著我想瞭解病情。我很仔細地說明她到院時的狀況、當時的處置與後續的計畫。

「拜託醫生，幫我女兒用最好的藥，錢絕對不是問題，你千萬不要客氣！」從他們透露的語氣與眼神中，我完全可以理解做父母的焦急和不捨。

當天晚上，加護病房的探視時間，她媽媽提了一大袋櫻桃進來，「她昨天跟我說要吃櫻桃，結果我嫌貴不買給她。我真的很後悔，我現在可不可以一顆一顆剝給她吃？」

「目前才剛開完刀，還在觀察中，暫時什麼東西都不能吃。」基於專業，我不得不拒絕她母親的要求。

「那她的營養會不會不夠？要不要打營養針？」

「禁食只是暫時的，過一、兩天後就會比較穩定，拔管之後就可以吃東西了，營養針目前沒有必要。」

「我們要求自費打營養針！」

「這不是自費不自費的問題，而是沒有需要，營養針打多了反而有害。」除了照護病患傷勢之外，我必須花時間向病患家屬解釋這件事。

「她肚皮的傷口怎麼這麼大？你怎麼沒有用美容針來縫？」接下來她的母親就連手術的傷口都有意見。

「首先，這是一個搶救生命的手術，我必須在很短的時間內，檢查整個腹腔的狀況，並且完成止血，所以沒有辦法顧慮到傷口的美觀問題，我認爲保命比較重要。第二，病人的狀況不穩定，我必須儘快結束手術，讓病人回到加護病房，而不是延長手術時間只爲了把傷口縫漂亮一點。」我雖然理解做母親的焦慮，但是對於自己的專業遭到誤解，仍然嚥不下這口氣。

「好了啦！醫生已經很盡力了，妳不要再說了。」或許是看到我有點不太高興，病人的父親趕緊制止他太太再說下去。

「醫生對不起，我們只是比較著急，我只有一個女兒……。」

「沒關係！妳的心情我懂。」沒想到換成我必須安慰她。

術後第三天，病人順利轉出加護病房，狀況也愈來愈穩定。但治療還沒完全結束，接下來要請整型外科進行臉部骨折的固定。

病人本身沒有表達意見，但是家長的意見卻不少，除了要求「完全恢復」到受傷前的樣貌之外，對手術的刀口與長度也斤斤計較，連續來會診的兩位整型外科醫師，家長都不滿意。我只好很嚴肅地與他們談，告訴他們這種「用外行領導內行」的諸多無理要求，已經嚴重影響到治療團隊的運作。

最後，他們接受由本院一位資深的整型外科名醫執刀，但附帶的要求是「順便割雙眼皮」。

「我女兒之前一直想割雙眼皮，我都不准，我很心疼她現在這樣，我希望讓她這次手術後能夠美美的。」

「我知道你們疼女兒，也知道你們想補償她，可是現在不是順便做美容手術的時候。」我再度對他們曉以大義。

重建手術很順利地結束，接下來進入好幾週的復健與恢復期。小女生的病床邊堆滿了各種玩偶和娛樂用品，幾乎每幾天就多出一樣，只要小女生想要的玩具，她的父母一定馬上就買來，沒有第二句話。一天一袋的櫻桃吃都吃不完，多到連我每天去查房都可以因此而受惠。

我明白這是一種補償的心理，因爲差點失去，才更珍惜這份相處的可貴，但有時也會矯枉過正，變成一種失控的溺愛。

終於，治療告一段落，小女生在家人的歡呼與簇擁下順利出院。

隔一週的門診日，她一個人回來看診，走進診間時卻是一拐一拐的。這令我相當的疑惑，明明受傷時檢查並沒有骨盆或下肢受傷，怎麼現在腳出問題了？我禁不起心中的好奇問她。

只見她輕聲地說：「被我媽打的，她說如果我再偷騎機車，就把我兩條腿都打斷……。」

# 治病，還是治家屬？

究竟我們治療的對象是病人，還是家屬？當醫生執著於病患的「就醫權」或「拒絕權」時，家屬有沒有跟著尊重病患本人？

當身邊的親人生病時，想要關心、表達意見是人之常情。但你如何確定你的關心，對病人而言，真的是一種協助？

醫療的工作中，解釋病情是很重要的一環。除了病患本身，他身邊的家屬也扮演了很重要的角色，家屬的態度往往會左右整個醫療行爲。

某一個值班夜，來了一位腹痛的老太太。她上個月才因同樣的症狀來急診，當時的診斷是膽結石與膽囊炎，也會診過外科醫師建議開刀，但病患堅持不願意接受手術，只好採用保守的藥物治療，前不久才剛從肝膽腸胃內科病房出院。

療程結束後沒多久，同樣的症狀再度發作，於是她又回到醫院。因爲是第二次發生，家屬希望能夠根本解決，所以主動要求開刀。於是值班中的我接到會診，在瞭解病人的病史後，打算幫病人做開刀前的評估與準備。

「就疾病的治療來說，我建議妳開刀，不然就會像上次一樣，沒多久就會再發作，而且會一次比一次難治療。」就專業上，我給了病人中肯的建議。

「不要！我絕對不要開刀！」病人意識相當清楚，很堅決地向我們表達了她的意願。

「可是妳不開刀就會一直發作，而且三天兩頭跑醫院也不是辦法，大家白天都要上班，根本沒有時間照顧妳。」她的兒子不斷地勸病人接受醫生的建議。

「刀是挨在我的身上，我說不要就不要！你不想照顧我就算了，我拿藥回家吃就行了！」老太太依然相當堅持。

「上次就是妳不要開刀，才會搞成現在這樣。這一次，無論如何妳都要聽醫生的話！」病人的兒子也開始大聲了起來。

「我就是不要，你們誰都不能勉強我！」病人以近乎嘶吼的音量大聲反駁，引起了其他病患的側目，他們母子的爭執反而讓我這個外人有些尷尬。

「好吧！那先辦住院，再試試藥物治療有沒有效好了。」既然阻力這麼大，我也不打算再說下去。

「醫生，你儘管安排手術就對了，我會說服我媽的。」家屬信誓旦旦地拍胸脯保證。

「我認為你應該先跟她溝通好，病患本身的意願還是很重要。」我希望他們能夠先取得共識。

「不用溝通了，我認為她就是要開刀。我們就騙她說是做檢查，等她醒來的時候已經開完了……。」家屬小小聲地告訴我他的計畫，然後使個眼色。

雖然取得了家屬的同意與支持，但我始終覺得這樣做有點不妥，甚至不確定在違反病患本身意願的狀態下手術是否合法，所以我無法同意在這樣的情況下執行開刀手術。不料此舉使家屬認為我在推託，不願意配合他的要求，最後家屬憤而自行離院，轉往他院就診。

另一個值班夜，前半夜已經忙了一整晚的我，趁著暫時沒事的空檔在值班室休息。凌晨兩點鐘，我在睡夢中接到急診的電話，來了一位右下腹痛的高中女生，懷疑是急性闌尾炎。在睡眠被硬生生中斷的情形下，我很不情願地爬起來，坐在值班室的床邊，當時腦子一片混沌，思緒還不是很清楚。

就這樣呆坐了幾分鐘（每次遇到這種情形，我會試著讓自己清醒一點再走進急診室，以免被病人看到自己睡眼惺忪的樣子），我看了一下時鐘，兩點零五分。當時腦海中閃過一絲偷懶的念頭。因爲眞的太睏了，如果我先睡半個小時再去看會診，應該也差不了多少，反正只是個簡單的闌尾炎而已。

正打算這麼做的時候，突然良心發現，既然今晚的責任就是在醫院值班，那麼不管多睏，都應該即時去看病人，如果因爲貪睡誤了病情，那就不好了。

凌晨兩點十分，我穿戴整齊、洗把臉，努力讓自己看起來精神飽滿，然後走到急診。

病人的症狀是很典型的急性闌尾炎，影像檢查與抽血檢驗也都符合診斷，於是我做了開刀的建議。說明手術的目的與細節後，病人用接近呻吟的語氣：「該開刀就快點幫我開，我已經痛得受不了了……。」既然本人已經同意，陪伴來就醫的母親也沒有意見，於是我儘快幫她安排住院與手術，就在準備推進手術室前，病人的母親說必須跟父親報備一聲。沒想到，父親卻在電話中表示，一定要等他來醫院瞭解病情後再做決定。

這下子即使我想快也快不起來，我很無奈地看了痛到揪成一團的病人一眼。我坐在急診室裡等了十多分鐘，依然沒有下文。我忍不住走向病人的母親，「不好意思，我不是催妳們，但是我想知道爸爸大概多久會來，病人看起來不適合繼續等待。」

「快了快了！他說他已經要出發了。」

這樣枯等下去也不是辦法，我也不想一直給她們壓力。於是我又走回值班室，臨走前我交待急診：「等她父親來了再通知我，我會過來再說明一次。」

遲遲等不到急診通知的電話，我耐不住疲勞打算先睡一下，我甚至以爲病人可能轉院去尋求第二意見了，才會這麼久都沒再通知我。結果我就這麼一覺睡到天亮，到了早上七點多，才接到急診的通知，病人的父親終於出現。原來他在接到女兒要開刀的電話之後，竟然又睡著了！直到提醒起床上班的鬧鐘響起，他才知道自己因爲貪睡而誤事。

我又好氣又好笑地走去急診，重新把疾病的診斷與治療說明了一遍，所有的內容與先前告訴病人與病人母親的話並無二致，也和病人母親在電話中轉述的完全相同。聽完我的說明後，父親並沒有提出什麼特別的問題或意見，就同意接受手術。

現今的醫療環境，總是要求醫療人員在最短的時間做最正確的診斷，並提供最高品質的治療。當我們將此原則奉爲圭臬，而執著於要「快速診斷、快速治療」時，結果病人實際接受手術的時間，比我第一次做出開刀建議的時間，足足晚了六個小時。而多耽擱的六個小時，只是爲了等待父親到醫院，再聽我重複一次一模一樣的病情解釋。所幸只是單純的闌尾炎，病人沒有因爲耽擱而出事。只是，我無法想像若是其他更嚴重的疾病會如何？

有時候，醫生連幾分鐘都不敢耽擱，反而是做決定的家屬耽擱最久。

醫學倫理教育一再告誡我們，「尊重病患權益」與「知情同意」的重要。但當醫生執著於病患的「就醫權」或「拒絕權」時，家屬有沒有跟著尊重病患本人？有一句醫界自嘲的俗諺是這麼說的：「死掉的病人不會告你，活著的家屬卻會找麻煩。」

執業至今，有時我心頭仍不免產生質疑：究竟我們治療的對象是病人，還是家屬？

# 手術刀下的謙卑

一切似乎不是我們想的那麼簡單，還有太多我們不知道的道理在裡頭。面對未知的醫療，甚或是稍縱即逝的生命，我們都必須更謙卑。

生命有多長？其實稍縱即逝。

外科醫師有多偉大？其實只是個渺小的凡人。

寒流期間，一位老伯被送進急診，據報是清晨四點被路人發現渾身是血地倒在路邊，究竟被撞倒了多久，沒有人知道；而徹夜的滂沱大雨讓老人不僅失血而且失溫。到院時處於嚴重的內出血與休克狀態，體溫甚至不到三十四度，經過快速的檢查與復甦之後，我立刻決定開刀。

「傅醫師，病人目前血壓只有五十幾，而且體溫非常低，預期他的死亡率會非常高……。」其他同事看完病人後說。

「我知道，但還是要救！理論上只要把血止住，再讓他趕快回溫，還是有機會的。」同事說的我何嘗不知道，只是現在還不到放棄的時候。外科醫師多少都有點個人英雄主義，總是希望能在適當的時候用手上的手術刀扮演上帝的角色，讓病患起死回生。當時我沒有多想，只知道病人還在流血，唯有快點幫他止血，才有活命的機會。

手術檯上，發現病人肚子裡被撞得一塌糊塗，支離破碎的腎臟與脾臟正在出血，造成腹內失血量高達七千毫升。多年來累積的訓練與經驗，讓我用相當熟練的手法，如行雲流水般在最短的時間內完成了腎臟與脾臟摘除手術，此時出血似乎也獲得控制。當時內心甚至對自己的技術得意了一番；另一方面，麻醉科醫師也不敢馬虎，一袋一袋的紅血球與血漿持續輸注到病人體內，希望藉由補充病患已經流失的血液，來改善他的循環。

「大部分出血我已經控制住了，理論上血壓應該可以慢慢恢復，現在就看你那邊的狀況。」手術暫告一個段落，我跟麻醉科醫師交換了一下目前治療的進度與計畫。在整個治療過程中，一方面止血，另一方面又輸血，團隊的配合相當有默契，老人或許有機會可以得救。

但現實並非如此……。

病人原本的失溫狀態始終無法回復，而出血引起的休克加劇低體溫，低體溫又造成凝血功能不良，增加了手術止血的困難，持續的出血又繼續加重休克與低體溫，病人因此進入了致命的惡性循環，即使已經控制住出血，但回到加護病房後，無論是體溫或血壓都沒有起色。

隔了一天，老伯又因爲再度出血而需進行二度手術，只是這次更爲棘手，凝血功能受低體溫與休克影響而嚴重不良，造成到處都是無法控制的滲血，而持續的滲血又加重了休克程度，持續的休克又造成繼續低體溫，低體溫就繼續無法凝血……終究這個可怕的循環奪走了病人的生命。失去這個病人一度讓我非常洩氣——自以爲開了一台好刀，無奈卻無法挽回他的生命。

面對疾病，其實人類還是停留在很原始、很直接的狀態，我們一直在用「自以爲有效」的方法在治療病人。我們都知道流血會休克，休克會死亡，於是我們想辦法止血，希望血止住了，休克狀態就會好轉，病人就不會死。

但是，從流血爲什麼會發生休克，到休克爲什麼會致死，中間還有太多的學問與太多的爲什麼。當中有多少生理變化是我們所不知道的，甚至很多都是現今醫療的未解之謎。可是我們依舊天眞地停留在「把血止住，病人就會好」的簡單邏輯中。

另一個例子是敗血症。

急診來了一位老太太，持續的腹脹腹痛已經好幾天了，忍了很久才願意來就醫，當時我的診斷是腸阻塞，第一時間就建議她開刀，但她硬是又忍了幾天，直到藥物治療無效，才同意動手術。

知道今天有這樣的一台手術，有幾個醫學生表示希望能觀摩這台手術。手術前，我集合了學生們，就病患病情與手術的計畫進行教學與討論。

「病人在十幾年前有開過子宮切除手術，因此研判這一次的腸阻塞是導因於前次手術造成的腸沾黏，」根據病人的病史，我開始分析病情給學生聽。「所以開刀的計畫很單純，把沾黏的部分給解開，把阻塞的腸子給弄通。」

「如果病人的沾黏太緊、太嚴重，沒有辦法靠手術來分離怎麼辦？」「或者如果術中發現腸子已經產生壞死，我們的計畫又是什麼？」學生們開始提出各種可能的假設與問題。

「那還不簡單？切掉就好了。」我不假思索地回答，語氣甚至帶點傲慢。

開刀所見果然不出所料，前次手術造成的沾黏使得腸子扭轉，造成近端阻塞；很不幸的，眞的有一小段腸子已經壞死。

以外科醫師的邏輯來看，腸子打結不通，就把結解開、把腸子弄通就好了；部分腸子壞死，就把壞死的部分切除不也就解決了？看起來我的手術刀可以把這所有問題解決，但顯然我過度自信。

我希望透過手術把病人治好，可是除了把壞死的腸子切除、阻塞的部分弄通之外，因爲腸壞死造成的腹膜炎形成了敗血症，卻讓病情急轉直下，本來以爲開完刀就可以治癒的疾病，因爲術後的變化而需要到加護病房繼續治療，而除了手術刀，我剩下的武器就只有抗生素。雖然最後病人總算順利出院，但這中間發生的波折與煎熬，實在不是當初自己想的「開刀就可以解決」那麼單純，一切似乎不是我們想的那麼簡單。

我們都知道，嚴重的細菌感染會造成敗血症，而敗血症會造成死亡。但是到目前爲止，人類對抗敗血症的最主要武器還是抗生素，希望把造成敗血症的源頭——細菌給殺死，敗血症就會好轉，病人就不會死。但事實上，一旦敗血症發生，後面的一連串反應就不單只是細菌的問題了，還有太多我們不知道的道理，牽涉到循環、免疫、肝腎功能，甚至是營養……只是我們還天眞地停留在「把細菌消滅，病人就會好」的簡單邏輯中。

入行愈久，愈覺得自己的渺小與微不足道；即便外科醫師是華陀再世，他手上的手術刀也解決不了一切。

這幾年來，隨著經驗的累積，遇到的挫折也愈多，這些過往都讓我深深學習到，在面對未知的醫療，甚或是稍縱即逝的生命時，我們都必須更謙卑。

# 放手的勇氣

面對無力回天的絕境，我們必須謙卑地接受戰敗的事實。毅然將手放開，有時候比堅持不放手更需要勇氣。

八十幾歲的老太太，已經中風臥床了好多年。反反覆覆的腹痛與發燒持續兩、三天，家屬本以為只是腸胃炎而自行給藥，但病情始終沒有緩解便送來急診。到院時已經呈現敗血性休克，即使給了強心劑，低血壓的情形依然沒有任何緩解。又硬又脹的肚子，再加上超音波裡看到大量的腹水，是很典型的腹膜炎造成的敗血症。

「準備開刀吧！」這是個需要剖腹探查的病患，最可能的問題是消化性潰瘍穿孔或是缺血性腸壞死。我集合了所有家屬，對他們說明需要手術的理由，以及病人目前相當危急的狀況。

家屬的意見分成兩派，一部分子女認爲母親年事已高，還要冒險開死亡率這麼高的手術，都覺得於心不忍；其他人則認爲應該拚一拚。

「醫生你的建議是什麼？」

「我必須承認，手術的風險確實很大，但是如果選擇不開刀，那就一點機會都沒有，她的死亡將是可以預期的事。」儘管開與不開可能都會死，但站在外科醫師的角度，仍然必須做出應該接受治療的建議。

經過一番討論與考慮，他們同意放手一搏，背負著家屬的託負，我們趕緊把病人推進手術室。「無論如何，請你救救我媽媽！」這是我進去前，家屬對我講的最後一句話。

果然如手術前的預期，是致命的腸壞死，而這種疾病的可怕之處，在於一開始的症狀並不明顯，因此一旦出現嚴重症狀，往往已經是晚期。

這位老太太的小腸有五分之四都因爲供應腸道的血管阻塞而壞死，剩下的五分之一看來也凶多吉少。當下我做了階段性手術的決定，意即先切除完全壞死的部分，剩下的五分之一希望透過抗凝血藥物的治療，來阻止它繼續壞死，如果敗血症能夠因此獲得控制，兩天後我們再進手術室進行重建。

坦白說，對於這樣的病患我一點都樂觀不起來。這麼嚴重的敗血性休克要恢復談何容易？剩下的腸子還會不會繼續壞死？切除後剩餘的腸子即使存活，是否足以達到吸收養分的功能？一連串的問題我完全沒有把握，甚至預期她熬不過這兩天。手術後，回到加護病房觀察，我再度對家屬說明目前病危的狀況，以及兩天後的計畫。

「媽媽，妳一定要加油！」病人還處於昏迷，她的女兒仍然握著母親的手給她打氣。

「血壓比開刀前好多了耶！看來你那一刀救了她。」當晚病人的血壓漸趨穩定，對強心劑的需求量也不若手術前那麼重，加護病房主任用相當振奮的語氣告訴我。

「哦……」我完全沒有開心的感覺，因為知道接下來將有一場硬仗，但是看到病人有好轉的跡象，仍然是好事，或許情況沒有我想像的那麼糟？

等待第二次手術的四十八小時中，我已經擬好對策。儘管剩下的小腸不到一百公分，但或許還可以靠靜脈營養來支持；因爲敗血症造成的肝腎功能不良，也不是沒機會恢復。雖然我們必須嚴肅而清楚地告知家屬可能會有的變化，但我始終認爲，適度的給家屬一點希望是很重要的事。

第二次手術安排在兩天後的一早。「好，我們來開刀！」我用一貫亢奮的語氣替自己還有手術團隊打氣。「兩天前那麼糟的狀況都撐過來了，說不定眞的有機會。」爲了維持工作的士氣，我自言自語了幾句。但打開肚子看到的景況，讓我們立刻就像洩了氣的皮球。因爲剩下的幾十公分小腸也全部壞死保不住了，抗凝血藥物的治療，終究敵不過腸道血管嚴重的阻塞，剩下的這一點腸子也必須切除，而沒有腸子的人是沒辦法活命的，一切都是我們太樂觀。

「嗯……幫我帶她的家人進來，我給他們看一下已經爛光的腸子，眞的沒有辦法了。」我有點喪氣，但不得已必須這麼說。

護理人員正準備走出去廣播，並且帶家屬進來，動作又被我阻止。「等一下再去！讓我再看看有沒有辦法。」我不死心地把腸子再檢查一遍，試圖找到一點可以說服自己保留的理由。但看著全部黑掉的腸子，我沉默了快一分鐘，「好吧，去帶他們進來吧！」我很不甘心，但也只能如此。

「我很遺憾，不過令堂的腸子已經完全壞死了，你們必須要有心理準備。」病人的女兒紅著眼眶點點頭，在工作人員的攙扶下走出手術室。

「放手吧！我們大家都盡力了。」我把肚皮的傷口仔細縫好，希望能留給患者最後一點生命的尊嚴，這是手術結束時我說的最後一句話。

在外傷急症外科這些年，我所受到的訓練是「不戰至最後一兵一卒，絕不輕言放棄任何一條生命。」然而當無力回天時，是否該鬆手順應生命的流逝，則更現實地考驗外科醫師的心境，我必須在「戰至最後一兵一卒」與「讓病患得到善終」之間做出選擇，並透過得宜的應對讓家屬理解這個事實。有時候醫師基於經驗與善意，做出不再積極搶救的決定時，卻被誤解爲放棄或不盡力。

對一個終日與死神戰鬥的外科醫生來說，要在手術檯上宣判病人的死刑，無異於在自己的戰場上舉白旗投降。可是外科醫師畢竟只是凡人，手術刀也救不回每一個病人，面對無力回天的絕境，我們必須謙卑地接受戰敗的事實。行醫多年，自我最大的成長並非醫術的突破，反而是認清醫療的極限，以及如何讓醫病雙方共同理解與面對這個極限。

堅持不放手需要勇氣，但有時候毅然將手放開，更需要勇氣……。

# 意外的人生

老人家的觀念常停留在「不檢查沒事，一檢查就出事」的駝鳥心態。他們怕遇到意外——在自以為健康的身體上，發現某些疾病的意外。

所謂的意外，就是「意料之外」。當你認爲沒問題時，問題卻又突然發生，像毫無預警的回馬槍，冷不防往你背後刺去。

中秋夜，一位中年婦女因爲腹痛來掛急診，類似的症狀病患過去曾在胃腸科門診治療過一段時間，當時的診斷是膽結石，雖然醫生曾建議要開刀，但她始終沒有接受，因此只用藥物控制疼痛。

這一次，吃了幾塊烤肉之後，婦女突然疼痛難耐，原本以爲就像過去一樣，是因爲油膩食物的刺激而引發的膽結石疼痛。病患心想只要到急診室打個止痛針，再拿點藥回家吃就好，但檢查的結果卻發現，除了膽結石外，已經演變成急性膽囊炎，看來不開刀是不行了。

這當然與她自己的預期完全不同，病人與家屬雖然感到意外，但也只好無奈接受開刀的建議。

與單純的膽結石相比，用腹腔鏡處理發炎的膽囊沒那麼容易，不過手術還是順利結束。病患的疼痛在手術後完全緩解，開完刀的第二天她甚至自嘲：「早知道開刀效果那麼好，我就不用忍那麼久了。」

沒想到出院前一天，手術後送檢的膽囊病理報告出來，竟然顯示是極度惡性的腫瘤！

臨床上因膽囊癌的發生率不高，而且症狀不明顯，有一部分的膽囊癌是因爲其他的原因進行手術，在手術後的化驗才意外發現，即所謂的「偶然發現的膽囊癌」。因此若按照正常的治療流程，當遇到預期外的膽囊癌時，應該進行第二次手術，用開腹的方式將膽囊附近的淋巴腺廓清，並切除與膽囊接鄰的部分肝臟，以達到根治腫瘤的目標。

我很婉轉地告訴病患的兒子這件令人意外的事。想當然爾，他完全不能接受，並且拒絕我接下來的一切建議，他決定帶母親去其他醫院就診。

我可以理解這個意外對家屬與病患本人的衝擊，所以對於對方激動與接近不客氣的口吻，並沒有太在意。他問了我一連串的問題：

「開第二次刀會好嗎？可以再活多久？」

「不開刀可以嗎？有沒有別的治療方式？」

「不開刀只用藥物治療有用嗎？」

「是不是開刀沒開好造成的？早知道當初就不要開刀了！」

面對前三個問題，說實話，連我自己也沒有答案，對於一個惡性程度如此高的腫瘤，治療的成效誰也沒有把握，我只知道有治療絕對比不治療好。

倒是最後一個問題，我斬釘截鐵地回答：「開刀本身不會造成腫瘤，而是因爲有一部分的腫瘤是意外發現，這才是所有的檢體都需要病理化驗的原因。如果當初不開刀，現在連自己有腫瘤都還不知道。別說腫瘤了，如果沒開刀，連膽囊炎這關可能都熬不過去。」

我明白，這樣的結果對醫生、病患與家屬都是個大意外。

在複製病歷與影像之後，家屬終究還是辦理出院，可以預期病人不會再回來就診，臨走前，我還聽見她嘴裡嘟嚷著：「不來醫院沒事，一看醫生就有事……。」雖然如此，離院前我還是對家屬說：「對於治療的結果不如預期，我感到很遺憾。不管未來在那裡治療，我都衷心希望，你的母親能夠順利痊癒。」這個病人的治療，從意外開始，也在意外中結束。

終究他們還是離開醫院了，由於病人不再回來門診追蹤，一段時間之後，我已經忘了這件事。直到某一天，她再度被送回急診，全身的水腫與黃疸幾乎讓我認不出就是當初那位病患。與當時她出院的狀況相比，簡直判若兩人。

原來她兒子帶著她看遍各大醫院，得到的答案都如出一轍，建議要開刀把腫瘤清乾淨，但惡性程度極高因此無法保證手術後的預期效果，某家醫學中心的腫瘤科甚至直接告訴她來日無多。最後她的決定是尋求傳統醫療協助，希望透過偏方與草藥來延長壽命。

結果，偏方的效果不如預期，病情急轉直下，不得已，只好再送回我們急診室，意外地又成爲我的病人。

再做一次電腦斷層，看到的景像不出所料。不斷往外蔓延的腫瘤與四處擴散的淋巴腺一口一口啃蝕著她的生命，膽管遭到腫大的淋巴腺壓迫，解釋了她目前的黃疸；被腫瘤壓扁的十二指腸，說明了她現在吃什麼吐什麼的病況。

病人的兒子相當後悔當時沒有聽我的建議，「醫生拜託你，救救我媽，我對於之前不相信你感到很抱歉，現在我們想盡快開刀。當初我們原本希望能順利出院，沒想到突然轉變成惡性腫瘤，一時之間才無法接受。」

我可以理解他口中的意外，也很想再幫他們多做點什麼，但疾病進展之快速讓我也愛莫能助。

面對一個擴張如此之快的腫瘤，手術的黃金時期已過，現在的治療只能趨向保守。先用引流的方式解決因爲膽管被阻塞而造成的黃疸；放個十二指腸支架，讓病患可以吃點東西；最後一步是會診腫瘤科，看看還有沒有適合她的化學治療藥物，說不定還可以延續幾個月的壽命。

之後病人被轉到腫瘤科病房，化學治療的效果依然抵擋不了腫瘤的侵襲。幾個星期後，我在電梯裡遇到合作的腫瘤科醫師，聽到他說這位病患已在前幾天過世了。整個疾病從意外發現到病患臨終，前後不過幾個月的時間，發展迅速，令人措手不及。

年輕一輩爲表示孝心，常會勸長輩要定期做健康檢查，若有疾病才能早期發現、早期治療，站在疾病防治的角度上確實如此。然而老人家的觀念卻常停留在「不檢查沒事，一檢查就出事」的駝鳥心態。他們怕的就是遇到意外，在自以爲健康的身體上，發現某些疾病的意外。

經過了這位病患的遭遇，我可以理解爲什麼很多老人家不願意進醫院、不願意看醫生。如果不是這個意外發現了腫瘤，她可能還開開心心地活著，只是最後可能會不明不白地死去；但她卻意外發現了這個治不好的腫瘤。與其最後這幾個月受心理與生理的煎熬，或許她寧可選擇從頭到尾都不知道？

生病是一種意外，外傷也是一種意外。我們總是在充滿意外的人生裡，遭遇意外。

# 生命的棋局

外科醫師究竟是神？或者只是神明手中的一枚棋子？

酒駕的女子開車撞到分隔島，高速的撞擊力造成車體嚴重變形，救難人員費了九牛二虎之力才把傷者救出來。傷者第一時間被送到就近的地區醫院，初步的判斷是雙側氣血胸以及腹內出血，由於該院沒有收治此類病患的能力，因此轉送到我所屬的醫學中心繼續治療，距離受傷時間到現在，已經過了兩個多小時。

電腦斷層上看到的是嚴重的肝臟撕裂傷，並且有足夠的證據，顯示目前仍在出血中。

「通知放射科醫師準備，這個病人馬上要做血管攝影栓塞止血！」我希望能透過血管栓塞的方式來幫病人止血，或許病人可以不必開刀。同時我也拿起電話打給手術室：「急診有一個內出血的病人，有可能需要開刀，請無論如何現在立刻幫我準備一個房間！」

雖然原始計畫是請放射科進行血管攝影，然而血管攝影的準備需要時間，我不能確定病人是否撐得到那時候，因此也一邊通知手術室待命，一旦出現變化，便可以立即改變計畫執行緊急手術。

血管攝影室裡，放射科醫師很努力地想把出血的血管給堵住，無奈出血量太大，試了很多次都沒有成功。而此時，病患因輸血而短暫恢復的血壓又開始不穩，當下我決定立刻中止血管攝影，將治療的計畫轉爲開刀。

走出檢查室，我對家屬說明狀況與計畫的改變，既然要從非手術療法變成手術治療，自然其複雜度與風險都會大大的提高。病人的先生神情嚴肅地與我討論治療的細節以及後續的變化，病人的母親已經哭倒，癱坐在地上，得由另兩個家人扶持著。

「你們先帶媽媽回去休息，這邊我來等就好了。」病人的先生回頭交待其他幾位家人先帶長輩離開。時間緊迫，我忙著把病人送進手術室，離開前我聽到病人母親的哭喊：「我要去拜拜，求求祢啊，菩薩！」

和一般常規的開腹手術完全不同，外科醫師永遠不知道內出血的病患，肚子打開後會看到什麼樣的慘狀，要控制血流成河的狀況，不僅需要技術，更需要經驗，甚至是膽識。

我看到當晚的助手是生面孔，一問之下才知道他是剛從醫學院畢業不到一個月的住院醫師。

「腹腔打開的瞬間會很可怕，你要有心理準備。」我一邊準備劃刀，一邊幫小老弟做心理建設。

看出了住院醫師的慌張與焦慮，我接著補充：「開這種刀是很特別的經驗，也是很有成就感的經驗，你可以看到眞正的『起死回生』。我以前第一次也很害怕，後來經驗愈來愈多就習慣了，終究有一天你也會獨當一面。」

果然手術中看到的是幾乎斷成兩半的肝臟，血管的斷面就像噴泉似地湧出鮮血。擔任助手的住院醫師沒見過這樣的場面，有點愣住不知該從何幫忙，一開始我很有耐心地告訴他該怎麼幫我，但隨著時間一分一秒過去，血從肝臟的深處不斷地漫上來，確實的出血點卻始終控制不住，結果連自己也開始有點慌了，我只能用手指暫時壓住肝臟減少流血，但只要手指一放開，鮮血又無情地湧上。

「發什麼呆？把血吸掉我才看得見啊！」我對助手竟然在發呆有點不耐。

「血壓還在往下掉，已經輸了十袋血了，還要繼續輸血嗎？」另一頭麻醉科發出警告。

「你這不是廢話嗎？你怎麼會問我這種問題？」我頭抬也沒抬地應了這一句。由於情況危急，我的語氣也不由自主的急促了起來。

住院醫師畢竟才剛入行，沒有經驗也是正常的，況且整個手術團隊在等我的指揮，此時此刻只有我有能力救這一條命。如果自亂陣腳的話，等於不戰而敗，我必須冷靜沉著地進行每一個步驟。於是我深呼吸一口氣之後重新開始，指揮住院醫師一個口令一個動作地協助我，再交代血庫趕緊送血過來，無論如何都得把手術完成。

最後我終於在肝臟的深處找到了肇禍的血管，夾住並縫合後，果然不再出血，這時候血壓也慢慢回升，看來我們又從鬼門關救回一條命。

手術順利結束，當時我用得意的口吻輕拍仍在昏迷中的病人：「歡迎妳重新回到人間。」

閻王要你三更死，誰敢留人到五更。這時候的我，不可一世地對著閻王說：「捨我其誰！」

幾週後，病人順利地出院了，出院時我聽到病人與她母親的對話，病人的母親要她一定得去菩薩面前還願，當時是全家人去求了好多神，才把她的命給求回來的。當下我感到一陣迷惘，病人能夠從這場大難中熬過來，究竟是「人定勝天」的展現，抑或原本就是「命中注定」？

或許這個病人在撞車的那一刻就應該離開了，但今天她有機會能夠恢復，究竟是醫師逆天而行，阻止了上天結束她生命的旨意，還是上天原本就不打算讓她走，所以安排了醫師來執行任務？

原本重病或外傷的病人，醫療人員費一番工夫把她救回來，可以解讀爲因爲醫療人員的介入，改變了她原本將死的命運；另一種解讀則是她「命不該絕」。

外科醫師究竟是神？或者只是神明手中的一枚棋子？

這種問題的答案或許永遠無解。我只知道，我必須堅守崗位——不論是命中注定應該如此，或者不是。

## 命不該絕？

其實自從他多年前中風昏迷後，我們的生活裡早已沒有父親了，躺著的只是一具沒有靈魂的軀體。

生命的終點由誰來決定？病人自己？身邊的家人？或是治療的醫師？

一位九十歲的老伯，因長期中風昏迷，已經臥床多年，平時都是由外籍看護工在照料他的生活起居。這一次因爲持續的腹脹與高燒，家人覺得病情不對勁，才趕緊帶他來就醫。

他到院時已經呈現休克狀態，急診的檢查發現是消化性潰瘍穿孔，必須立刻開刀治療。

「你父親得的是消化性潰瘍穿孔造成的腹膜炎，而且現在有敗血性休克的症狀，我建議馬上進行手術。不過我也必須請你們瞭解，如此高齡與多重合併症的病患，接受手術的風險與死亡率很高，一定要有心理準備。」病人的年紀一大把，本身又有長期的心血管疾病，再加上已經不知道拖了多久的病情……我必須很完整也很嚴肅地告訴家屬開刀的必要性，當然也包括手術有高風險的事實。

「如果手術的成功率不高的話，那我們就不打算治療了。我父親的病情已經拖了很多年，再這樣下去只是增加痛苦而已。」他的兒子跟媳婦聽完我對手術的利弊分析後，決定不再積極治療，打算就這樣放棄。

雖然我理解家屬的考慮，但基於外科醫師的專業與職責，「放棄」二字不該由我來說，甚至反而更詳細告知不施行手術將帶來病患死亡的結果，讓家屬深思熟慮後再決定。

「開刀不一定能活，但是不開刀一定會死。」每次遇到這類的病患，這是我固定的說詞。

過了一會兒有其他幾位家人陸續出現，經過家庭會議討論後他們改變決定，既然手術的目的是爲了救命，那當然就得要接受手術拚一拚。

之後，手術順利結束，並沒有預期中的那麼糟。術後腸胃道功能慢慢恢復，腹內感染也獲得控制，原本我們擔心會引發的併發症並沒有發生。唯獨因爲高齡與心肺功能不佳，導致病人無法脫離對氣管內插管與呼吸器的依賴。

我試著與家屬們討論後續的照顧計畫，可能要安排呼吸照護中心，做中長期的照護，畢竟一直插管躺在加護病房不是辦法。

「我們幾個兄弟姊妹已經商量過了，決定拔掉呼吸管，病情如果又有變化，就接我父親出院，讓他在家裡壽終正寢。」家屬的決定令我相當詫異。

「現在拔管？他目前沒有脫離呼吸器的能力，拔掉之後如果一口氣喘不過來，馬上就會沒命。」我完全不贊成這樣的做法。

「沒有關係，這是我們共同的決定。」

「可是，那麼大的刀都開完了，況且也在逐漸恢復中，爲什麼要在這個時候放棄？」我還是不理解他們的想法，如果當初第一時間因爲病況危急所以放棄治療，還說得過去，現在病情已經穩住，爲何要放棄？

況且，這已經不是「被動」的拒絕治療，而是「主動」要求移除維生裝置。

對於家屬拒絕治療，或許我無可奈何必須尊重；但要我協助移除病患的維生裝置，除了相關法令尚未完備之外，這也與我的行醫原則和價值觀相違背，因此我無法配合這種「主動終結病患生命」的行爲。

「我們做子女的覺得，與其讓他一直躺在病床上，受這種折磨，不如趁這個機會讓我父親解脫。」這句話讓我更不理解，因爲開刀前他就是一個長期臥床的病人，難不成他們以爲開完刀後，老先生就能健健康康站起來？

溝通了幾次都沒有共識，醫療端與家屬陷入僵局，家屬拒絕一切積極治療，但醫師也不可能眞的什麼都不做。每回我經過加護病房，看見病榻上的老先生，回顧他來就醫的這段時間與種種波折，我不知道他究竟是爲誰活著，甚至連誰可以決定他的生死，都令我相當困惑。

某天因爲病人的躁動不安，竟意外自行拔掉呼吸管，醫護人員嚴陣以待，就怕接下來的變化會讓我們措手不及，然而家屬說什麼都不願意重新插管，所幸透過氧氣面罩與藥物輔助，他奇蹟似地並沒有發生太嚴重的問題。就這麼觀察了幾天，待呼吸狀況一切穩定之後，我將他轉到普通病房。

由於病情漸趨穩定，我告知家屬可以準備接他出院了，但卻在此時遇到阻力。他們找了各種不肯出院的理由來推三阻四。而其中讓我最不能接受的一點就是「我父親現在一直都躺著，我們想等他好一點再出院」。

我只好很清楚也很嚴肅地告訴他們：「手術前他已經是個長期臥床的慢性病患，他現在能回復到手術前的狀況，已經相當成功了。」、「你現在看到的狀態，就是他最好的狀態，也是他原本的狀態。」結果家屬們卻採取避不見面的方式，將老先生一個人丟在醫院裡，只留下原本請來照顧他的外籍看護工。每天的查房我只能與她相對無言，她知道醫護人員的無奈，但也無能爲力。

這當中我們透過社工、公關人員、甚至是社會局來居中協調，始終得不到正面回應，看來家屬是鐵了心不打算接自己的父親回家。

在無計可施的情況之下，病人只好就這麼沒有期限的住了下來。又過了一個多月，最後還是因爲肺炎併發的敗血症離開人世，在臨終的這段日子裡，我無法確定他的家人們是否關心病人究竟是死還是活。

辦理遺體領回手續時，總算我又遇到他的兒女們，他們淡淡地跟我說：「我父親痛苦了這麼多年，現在總算是解脫了。」、「其實自從他多年前中風昏迷後，我們的生活裡早就已經沒有父親了，躺著的只是一具沒有靈魂的軀體。」

我相信長期照顧這樣的家人，難免會心力交瘁，或許生個無法挽救的重病「剛好」可以讓自己解脫。我不是病人的主要照顧者，因此無權置喙這箇中辛苦，甚或是用敲邊鼓的方式將「不孝」的帽子扣在他們身上。

但我不能接受因爲逃避責任或義務而把醫院當做收容所，也無法接受因爲自行爲患者「著想」而要醫師來執行死刑。

或許我還不夠有同理心，不過醫療工作這些年，卻讓我更洞悉人性。

每個人都希望替自己的生命作決定，但有多少人眞能如此？很多病人僅存的一口氣只是爲了滿足家人的懸念；而到底誰又能決定病人的生死？

# 生命的力量

她們不是我第一次救活的病人，也不是我治療過最嚴重的病人，但是看著小朋友天真的表情，我找到生命的力量與自己努力的價值。

下班時間，我正準備搭電梯離開醫院，迎面走來一老一少兩位婦女，還推著一輛娃娃車。

老婦人和我打了個照面，「傅醫師，好久不見。」

慚愧的是，我一時竟記不起這位老婦人到底是誰，也許是之前的某個病人？或許看出我臉上的疑惑，老婦人指著娃娃車裡的小朋友，「我孫女以前是你救的，我們今天到小兒科門診追蹤，醫生說她發育得很好，當時眞是謝謝你！」

聽完她的描述，讓我更加一頭霧水。印象所及，這幾年的兒童外傷其實並不多見，怎麼我一點印象都沒有？

少婦這時接著說話：「我也是你救的啊！那時候小朋友還在我的肚子裡。」

此時我才猛然想起兩年前那場意外事故……。

兩年前的某個清晨，急診室接獲消防局通報，有一個孕婦不慎從陽臺摔下，高度大約十二公尺，救護車正火速將病患送來醫院。

當天我是值班的主治醫師，甫接到通知便趕緊到急診室待命。高處墜落多半合併多重且嚴重的外傷，再加上必須同時兼顧兩條命，光是想像就覺得棘手。

前往急診室的路上，我趕緊聯絡和外傷相關的專科準備，包括骨科、神經外科、甚至放射科等等。連平日與外傷業務不甚相關的婦產科與新生兒科也先聯絡——我必須做最壞的打算，她很有可能需要緊急生產，甚至緊急到來不及送進手術室，就直接在急診室裡生產。

沒多久，孕婦被送到急診，雖然生命徵象與意識狀況還算穩定，但外觀上有明顯的上肢開放性骨折，且正在持續出血中；超音波顯示腹腔內也有出血；而大家最擔心的胎兒，在婦產科的超音波與胎心音檢查後，雖然初步判定暫時沒有問題，但這就像個不定時炸彈一樣，後續的變化誰也說不準。

「接下來該怎麼辦？」急診的同事沒有處理過這類複雜的孕婦外傷，所以不確定下一步該怎麼做，當下急救室每個人的目光都落在我身上，在等外傷急症外科的主治醫師做決定。

「理論上，孕婦外傷的處理原則與一般病患是一樣的。」雖然我的經驗也不多，但是治療外傷的原則都相同，並不會因爲病人是孕婦而有所不同。

「她能不能照X光？輻射線會不會影響胎兒？她能不能開刀？全身麻醉會不會有影響？」一位女同事提出了疑問，很顯然大家對於病患有孕在身還是有所顧忌，怕影像檢查的輻射線或是進行手術治療，會對胎兒產生不良影響。

「我們就把她當作一般人來治療就可以了，該開刀就開刀，該檢查就檢查。如果因爲有所顧忌，耽誤了該做的檢查或該開的刀，那樣反而不對。」我再三強調治傷的原則就是先「保命」。只要命能保住，什麼事情都好解決，沒有命一切都是空談。

「病患目前有三個部分要處理，一個是腹腔內出血，一個是上肢的開放性骨折，還有一個就是她本身懷孕的問題。」我把病患目前的狀況做了簡單的歸納。

「這樣嚴重的開放性骨折，我們建議要馬上開刀清創與止血，而且她需要全身麻醉。」隨後趕到的骨科總醫師，在診視完傷口之後做了建議。

「那骨折的治療已經有方向了。骨科在開刀的時候，我要同時剖腹探查，確定她肚子裡面出血的情形。」外傷治療的原則，就是要把不確定的情形變成確定。與其擔心她的出血量會不會愈來愈多，更應該積極地檢查並止血。

「胎兒的週數已經達到生產的標準，我想她不適合再等待。」婦產科醫師也同意我的看法，他們認為應該緊急生產，把胎兒這個不確定的因素也解決。

計畫已定，外傷團隊立刻出動！

骨科在治療上肢骨折的同時，婦產科醫師幫病患緊急生產，他們用相當熟練的手法，一層層劃開肚皮與子宮，很快的一條新生命就在我們面前誕生，「哇！哇！」新生兒宏亮的哭聲讓我們士氣大振，不同於手術室裡緊張、嘈雜的氣氛，這樣的嬰啼如同天籟一般憾動人心，至少我們知道，兩條命已經救活一條了！

嬰兒被放進保溫箱，由新生兒科接手後續的照顧。

我則繼續檢查腹腔內的出血，果然發現部分的腸繫膜因爲強大的撞擊力而穿孔，上頭有不少血管破裂造成出血。

病人在接受了緊急生產、剖腹探查止血，以及開放性骨折清創固定手術後，被送往加護病房觀察。接下來的幾天，無論是嬰兒還是母親，都恢復得相當好。

大約半個月後，她們順利出院了。從可能是一屍兩命的悲劇，變成母子均安的喜劇收場。當時這件事被傳爲佳話，甚至還上了新聞版面。

由於一切穩定，出院之後，只在我的門診追蹤過幾次，之後就將她轉給骨科與復健科做後續的照顧，時間一久，我也漸漸忘了這個病人與這件事。

沒想到，兩年後還能夠再與她們重逢。當時在緊急狀態下剖腹生產的嬰兒，現在健健康康地坐在娃娃車上；而當時內出血差點死掉的孕婦，現在則好端端地站在我面前。

她們不是我第一次救活的病人，也不是我治療過最嚴重的病人，但是能看到她們的康復卻分外令人感動。

電梯抵達一樓，離開前我忍不住心中的激動，從口袋裡拿出隨身攜帶的相機，「可以讓我拍張照嗎？我想記錄這一刻。」行醫多年，除了臨床工作與醫學教育的需要，我很少幫病患拍照，但這張照片的意義格外深重。

看著小朋友天真的表情，我找到生命的力量與自己努力的價值。

2.

# 生命的對價

# 無價的謝禮

感謝無法用金錢物質來量化，也不一定非是實質的謝禮。一個眼神、一個動作或一句話，都可以滿載著謝意，是一份真心的回饋。

有位老先生斷斷續續腹痛了十多天，進出各大醫院數次，內視鏡、電腦斷層、超音波，各種檢查幾乎都做過了，得到的診斷總是腸胃炎或腸躁症，無論打針、吃藥始終沒有改善。

前天才從另一家醫院出院，回家不到兩天，又是一陣劇痛，這次他來到本院就診。電腦斷層上除了有一段腸子比較脹之外，也看不出個所以然來，急診醫師無法確定他究竟是什麼問題。本來又要診斷爲腸胃炎的，但因爲病患對診療的結果不能接受，於是我接到了會診的要求，因爲他們想聽聽外科醫師的看法。

坦白說，初次看到病人時，我也沒有發現什麼特別的問題，但外科醫師的直覺告訴自己，反覆無法緩解的腹痛並不單純，甚至不排除接受手術的可能，「根據目前的檢查與檢驗，你有一段腸子可能有問題，我建議你先住院觀察。」

「觀察，又是觀察！你們除了觀察不能再做點別的嗎？」或許是劇痛始終得不到確切的診斷與治療，病人的情緒開始不穩定。

「觀察的過程中，如果症狀一直沒有改善，我建議你接受腹腔鏡檢查手術。」畢竟醫學影像還是隔著一層肚皮，從黑白交錯的畫面中「猜」出病人究竟是什麼病，怎麼都比不上用腹腔鏡，把攝影機放進肚子裡眼見爲憑來得精準。

由於病人不滿的情緒，再加上我始終覺得他體內一定存在某個我們還沒發現的問題，住院的當天晚上，我特地去病房看他。病人的太太說：「他剛才痛得厲害，打過兩針止痛針後就好多了。」我一聽非同小可，痛到需要兩支止痛針才壓得住，顯然不是腸子發炎就可以解釋。當場我就幫他安排了腹腔鏡手術。

手術中，看到有一段腸子打結，這可以解釋他之前反覆無法緩解的症狀。但現在看來，這段打結的腸子已經因血液循環不佳而產生壞死，因此導致難以忍受的疼痛，而這些疾病在發生初期確實不容易診斷。

我用腹腔鏡手術幫他把打結的腸子解開，再切除部分壞死的小腸。開完刀的隔天，病人的症狀瞬間獲得舒緩，他對病情的恢復及手術都相當滿意。

病人出院當天，我收到花店送來的一大盆蘭花，署名是某個電子企業的高階主管，這時我才知道他的身分。接下來每次回診，總免不了糕點或水果禮盒，連送了好幾次，讓我相當不好意思，「下次你空手來看診就好了，請不用一直帶禮物來。」

「你千萬別這麼講，我看過這麼多醫生，就只有你解決我的問題，我對你非常感謝。你家需不需要液晶螢幕？反正我們工廠生產非常多，下次我叫人送到你家去。」病人很豪邁地要送我大禮，趕緊被我擋下。「拜託不要這樣！你送的水果和點心已經很多了，我不能再收你的禮物了。」

「這只是我的一點心意，想表達對醫師一點感謝而已。」

時隔多年，每年秋天我仍會收到他寄來的一大箱水果，這些年來沒有間斷過。

感謝無法用金錢物質來量化，也不一定非是實質的謝禮。一個眼神、一個動作或是一句話，都可以滿載著謝意，是一份真心的回饋。

曾經有一個病人，清晨四點多準備出門工作，結果被對方來車撞上，送到醫院時已經休克，初步診斷是脾臟撕裂傷合併內出血。值夜班的我馬上幫他開刀，摘除脾臟後順利止血，病人也得以活著出院。

出院後的第一次回診，好幾個壯漢陪他一起進來診間，他們一人背了一袋東西，陣仗之大，讓我一度以為自己是否與人結怨。

「傅醫師，真的很感謝您救了我的命。我是在市場裡做雞肉生意的，那天會出車禍也是因為清晨要批貨。他們都是我市場裡的朋友，這點小小心意，希望您不要嫌棄。」說著他們卸下一袋袋的東西，裡頭有雞肉、青菜、香菇，甚至還有一袋米。

等他們離開後，看著滿滿如農產品發表會現場般的謝禮，一方面很感動，一方面也只能苦笑。他的心意我收到了，但要把這幾隻雞，還有青菜、白米帶回家，可真是難倒我了。

或許市場裡買一隻雞、買一些菜花不了多少錢，但我知道這份禮物代表的心意，這份感謝抵得過千金萬金。

有位員警大哥在值勤的時候，被酒駕的肇事者撞倒輾過，下半身嚴重出血且開放性骨折。

他被第一時間送到就近的區域醫院接受治療，反覆開過不少次刀，出血與骨折雖然暫時獲得治療，但伴隨而來的卻是因休克與感染造成的敗血症和多重器官衰竭。

眼看著病情急轉直下，束手無策的外院只好將他轉診到醫學中心。甫接到這位病患的時候，我們也覺得相當棘手，雖然不再需要手術，但恐怕接下來在加護病房有一場硬仗要打。

住院的這段時間，他的病情始終時好時壞，每次會客時間都只有他的妻子與讀國小的女兒來探視。「醫生，無論如何，拜託你們一定要救他，他是我們家的支柱，你是我們最後的希望。」

「我不能跟妳保證他一定會好，但可以保證我們一定會盡力。」面對家屬這樣的託付，我感到有點沉重。

他的妻子點點頭，又鞠了一個躬。每次加護病房的探病時間結束，她總是帶著女兒對我們鞠個躬才離開。

透過社工人員的瞭解，我才知道他們是一家三口的小家庭，男主人受傷臥床，女主人就得挑起照顧孩子及負擔經濟的重擔。幾乎沒有其他的親戚，自然也沒有其他經濟的奧援。剛受傷的時候，長官與民意代表不斷探視，也多少會給點慰問金，時間一久也不再有人關心，慰問金也花得快差不多了。

聽完他們的遭遇，我雖然同情，但也不知道還能幫什麼忙。

最後，病人終究不敵敗血症引發的多重器官衰竭，他要離開的那一夜，加護病房的醫療人員一直急救到最後一分鐘，依然無法挽回，我只能很遺憾地告訴她們，眞的沒有辦法，大家都盡力了。辦完手續，往生室的同仁將他的遺體接走，他的妻子與女兒跟在遺體後面離開。走出加護病房前，她們母女突然轉身，對醫護人員深深一鞠躬。

每個人表達感謝的方式都不一樣。有錢人可以一擲千金，奉上貴重的厚禮；有些人或許沒錢，但他們眞誠付出的謝意卻無比珍貴。

# 餘命的兩難

生命無價，只要能救一條命，不管付出多大的代價都值得。只是，我們救回的終究是一條不完整的生命。我們的努力是否反而製造了麻煩？

醫療的目的是什麼？是爲了解決問題，還是反而製造了問題？當血肉之軀遭受外力摧殘，往往很難全身而退，不論這條生命最終是存活或逝去，都已經注定了他未來的不完美。

週五的夜晚發生酒店前的鬥毆事件，兩幫人馬一言不合，大打出手，一時間棍棒齊飛，好幾個人因而掛彩被送到急診室。

多數傷患都在初步的包紮與檢查後返家休息，只有一位傷勢特別嚴重，右手掌整個被開山刀削斷，送他來就醫的酒客勉強用外套纏住傷口，還是止不住狂噴的鮮血；滿頭滿臉的傷痕再加上重度昏迷，不難想見對方出手之重；此外，電腦斷層顯示他的脾臟破裂，正在出血。

這是一個需要團隊治療的多重外傷病患，身爲當晚外傷小組組長的我，很快地做出分工。神經外科和我同時進行手術，一個負責腦出血，一個負責肚子的出血，等到腹內出血控制住，腦中血塊亦取出之後，整型外科立刻接手，進行手掌重建手術。隨後趕到的病患女友被眼前場景給嚇傻了，呆坐在一旁，久久不能回神。我針對這一連串複雜的治療計畫詳盡說明，可是從她的神情看來，很顯然，她對我的講解一句也沒聽進去。

「小姐，麻煩妳在這裡簽個名，病人現在要馬上去開刀。」既然多說無益，我只好將白紙黑字的手術同意書遞上，只要她看過也簽完名就算是告知了。多年來治療外傷病患的習慣，我總會加註「病患隨時有生命危險，必要時可能需進行多次手術，亦不排除長期後遺症之可能」之類的文字，面對無法預料的未來，我選擇不要把話講死。

「我不要簽，我又不是他的家人，要簽給他家人去簽。」病患女友一口回絕讓我感到意外。

「時間緊迫，他現在必須開刀救命，可否請妳先聯絡他的家人，然後在同意書上先簽個名，我們後面才好做事。」病人親友因害怕承擔責任而拒絕簽署手術同意書，反倒要醫師好言好語請求對方，有時連我自己都覺得很諷刺。

就在僵持不下時，病人的哥哥及時趕到。完成了手術前的準備工作後，大家七手八腳把病人推進手術室，一點時間都不能再耽擱。「醫生萬事拜託！」離開急診室時，背後傳來他哥哥這麼一句話。

歷經了七個小時三組醫師的輪流奮戰，病人的命總算保住了；但是嚴重顱內出血造成的腦傷已經無法挽回。

經過一個多月的評估與復健，病人始終沒能甦醒過來，接下來的日子，長期昏迷將是預料中的事，下半輩子免不了都得躺在床上。當病情的進展陷入了瓶頸，我必須跟家屬談談這個病人後續的治療與照顧計畫，一直住在醫院也不是辦法，可能得轉入安養中心或慢性照護中心。

在受傷後的頭一個星期，我偶爾還會遇到病人的哥哥來探視。言談間才知道病人沒有結婚，唯一的親人就是這個哥哥，但兄弟之間平時往來也不多，假日的消遣就是和朋友出去喝酒。至於他的女友也是在酒店裡認識的，自從在急診見過一次面之後，至今沒有再來過。接下來幾個星期，病人的哥哥也不再出現，我最後一次跟他對話，是他問我病人什麼時候會醒過來，我回答他：「可能要很久，也可能再也不會醒。」

果然，往後的聯繫過程開始遇到阻力。家屬聽到我們的聲音不是立刻掛上電話，就是告訴我們：「我在忙，等一下回電。」之後再也沒有下文。最後總算透過社會局的居中聯繫，才讓我們與他哥哥再度通上電話，於是，醫病間的「談判」就約在某天下午舉行。

病情討論會的開始，我按照慣例完整說明病患到院時的狀況、整個醫療團隊的處置、目前病情的進度，以及需要家屬配合的部分。除了病人的哥哥、嫂嫂之外，還來了一位素未謀面的家屬，自稱是病患父執輩的朋友。

「你把我們一個好好的人醫成這樣，現在要我們自己帶回家照顧，這樣對嗎？」對方不分青紅皀白就是一頓不客氣的數落。

我最無法忍受的就是自己的專業以及醫療團隊的努力遭到否定，當時我幾乎要跳起來反駁，陪同開會的護理長卻示意我不要衝動。

「病人送達本院時，已經呈現重度昏迷與休克，再加上如此嚴重的顱內出血，手術後昏迷不醒本來就是可以預期的。」我很佩服神經外科醫師的冷靜，他居然在受到這樣不實的指控下，還可以保持風度，很有耐心地說明病患入院時的頭部電腦斷層給家屬們聽。

「那你們開不好就不要開嘛，我們可以轉去別的醫院治療啊！」我實在不能理解家屬的火氣是來自哪裡，不感謝醫療團隊費盡心力將病患救活的功勞就算了，反而還一副病人如今的處境是我們害的一樣。

「病患當時的狀況不適合轉院，而且本院是本地最大的外傷治療中心，我不覺得轉去其他的醫療院所，病患會得到更好的治療。」我忍不住要替自己的團隊辯護。

「既然你們開刀前就覺得病人可能不會醒，為什麼還要動刀？結果現在成了廢人一個。」這位搞不清楚狀況的家屬還在窮追猛打。

「站在救人的立場，哪怕是萬分之一的機會，我們都必須拚一拚。況且這些情形的發生，開刀前其實我都跟你們說明過了。」說這段話的時候，我看了病人的哥哥一眼，他只是沉默沒有作聲。

「你知不知道你們把他救活，我們家屬後續要花很多錢來照顧這樣的植物人耶！」說了半天問題還是在錢。

「那不然呢？難道要我們見死不救嗎？」家屬的回答讓我一陣錯愕。

「你們開刀之前應該問我們家屬有沒有錢照顧啊！你們怎麼沒有顧慮到家屬的經濟情況？」

「你的意思是當病人送到急診的時候，我得先問你們有沒有錢，有錢才救，沒錢就不救嗎？我的責任就是救命，沒有辦法依照每個病人的經濟狀況決定是否治療。在我們眼中，生命都是一樣的，該救的我們就要救！」我認爲自己講得有理，所以語氣顯得慷慨激昂。如果我只救有錢人、不救窮人，這樣有違良心，我相信社會也不會允許這麼做。

「我們整個團隊耗了這麼大的力氣，費盡各種資源，就是爲了救他一命，而且事實也證明我們成功把他救活了，但現在居然怪我們救他？」同座的其他醫師與護理人員都相當同意地點點頭，家屬們也無話可說。

「如果經濟上有困難，我們有社工人員可以協助家屬尋求社會救助的資源，這方面我們都很願意幫忙，但是請給辛苦的醫護人員一點肯定。」護理長趕緊站起來打圓場，緩和一下緊張的氣氛。

會談結束，我要離開之前，與病人的哥哥打了個照面，整個討論會他從頭到尾不發一語。「醫生，不好意思，我知道你們盡力了，只是突然多了這麼一個麻煩，大家一下子都沒辦法接受，但還是謝謝你們。」

走出病房，沿路上我都在思考著這個問題，對醫療人員來說，生命無價，只要能救一條命，不管付出多大的代價都值得。或許結果未臻完美，但至少命是救回來了。只是不得不承認，我們救回的終究是一條不完整的生命，而這樣的不完整，接下來陪伴他的只有無聲的靜默。看在家屬眼中，我們的努力是否反而幫他們製造了麻煩？

# 標籤社會

病人的兒子在自己身上貼了張「我認識貴院高層」的標籤，可惜這張標籤既無法提高他的身價，更無法讓他父親好得快。

賣場裡放著各式各樣的商品，商品上通常會貼張標籤，可能是標價，也可能是商品的特色介紹。兩籃看起來一模一樣的雞蛋，多了「生機」兩個字，價格硬是貴了好幾十塊；同樣一件商品，用了不同的包裝，再貼個「限量版」，定價又可以再翻兩倍。

我們總是用標籤來定位商品的價值，同樣的，很多人會在自己身上貼標籤，希望提升自己的價值。

一對老夫妻來掛急診，老先生已經連續好幾天都吃不下東西，今天更是嚴重，吃什麼吐什麼。他們本來以為只是單純的腸胃炎，打個點滴、再拿點藥，就可以回家休息，沒想到經過診斷，是腸扭轉造成的腸阻塞。

身為當天的值班外科醫師，看完病人與他的腹部影像後，我建議他接受手術。因為按照經驗，這麼嚴重的腸阻塞單靠藥物治療是不會好的，況且再拖下去，難保小腸不會因為過度扭轉而壞死。

陪病人前來的老太太不敢作主，於是聯絡了做生意的兒子過來瞭解病情。我也打算等家屬到齊，再重新說明一次病情與我的治療計畫。

「你好，這是我的名片，我和貴院的院長很熟。」對方名片上的頭銜是某公司的總經理。但讓我不解的是，他開口的第一句話不是關心他父親的病情，而是他的社經地位與人脈。

「嗯！然後呢？」我當然知道他說這句話的意思，只是故意裝傻，假裝聽不懂他的話。

「我父親不想開刀，希望你能特別關照一下。」

「不論病人的身分是什麼，我們都會盡力照顧每一個病人。以令尊目前的病情來看,儘早開刀就是對他最好的關照。」我自以為話講得漂亮,結果他卻不領情。

「不能通融一下嗎？能不能不要開刀？還是要我打個電話給你們院長？」雖然他話說得客氣，可是我嗅得出言語中濃厚的威脅意味。

「要通融什麼？需不需要開刀是專業判斷，並不是你打給誰就會改變這個事實。如果我因爲你們的身分特殊，而有醫療以外的考慮，該開刀而不開刀，那豈不是耽誤了他的治療？」沒想到堂堂大公司的總經理竟提出如此可笑的建議，我從生氣轉變成啼笑皆非。

儘管我已經再三說明手術的目的，以及不手術的話可能會發生的變化，但結果依然僵持不下。於是，我只好尊重家屬的意願，先採取保守治療。只是接下來的這兩天，病人的腹痛愈來愈嚴重，藥物治療一點改善也沒有。

因爲先前在急診的經驗，我也不再勸他們接受手術，但看著病人的病情沒有起色，我只能搖搖頭。「醫生，你還有沒有別的辦法？我可以自費最好的藥。」我查完房正要離開時，他的兒子把我攔下來。

「能用的藥我都用了，你們又不接受建議動手術。腸阻塞就像一條打結的繩子，必定得動手解開。」說實在話，我已經別無他法，不只是對醫療束手無策，對於家屬的固執亦然。

「我還認識很多貴院的高層，是否可以大家一起想想辦法？」他還是沒弄清楚問題的癥結，不是認識誰或搬出誰，病就會好得快一點。況且對我來說，病人就是病人，該怎麼治療就怎麼治療。

「那我就不客氣講了，非手術的治療目前看來完全沒用，現在只剩下開刀這條路。另外，我很尊重您是院長的朋友，只是回歸到醫療專業，令尊的腸阻塞不會因為你是誰或你認識誰，就會自然痊癒。」

又拖了一天，病人已經開始產生休克症狀，他才同意讓父親接受手術。手術中看見大約五十公分的腸子發生壞死，顯然是扭轉太久所引起。在切除壞死的小腸並重新吻合後，病人又治療了兩星期才出院。如果一開始就接受我們的建議儘早開刀，我相信不會弄到腸壞死的地步。當他還在猶豫是否接受手術時，說不定都已經出院了。

病人的兒子在自己身上貼了張「我認識貴院高層」的標籤，可惜這張標籤既無法提高他的身價，更無法讓他父親好得快。

另一個値班夜裡，我去急診室會診某位病人。隔壁床的家屬因爲不耐久候，以爲我是急診醫師，把我攔下來，要求解釋病情。

「不好意思，我是看會診的外科醫師，您的病情我不清楚，可能得去問幫您看診的急診醫師。」

「我已經等了快十分鐘都沒有看到那位醫師，你爲什麼不能順便幫我們看一下？」他似乎還沒弄清楚我的角色。

「眞的沒有辦法，不是我不願意。只是權責不同，專長也不同，所以我幫不上忙。」我知道他很心急，可是我眞的只是路過，只能請急診的護理同仁趕緊聯絡原先幫他看診的醫師。

「幫您看診的那位醫師，現在手邊有另一個病人正需要急救，再請您耐心等候一下。」護理師幫忙緩頰，但顯然他不接受。

「給個面子幫忙一下吧！」他從口袋裡拿出一張名片遞給我，頭銜是某立法委員的國會助理。「如果讓委員知道，連這點面子你們都不願意給，那就不太好了……。」

「我再說一次，不是我不幫忙，也不是我不給面子。我只是路過這裡，你父親我連看都沒看過，就要我解釋病情，然後開藥給你，會不會太冒險了？」其實本來不關我的事，大可快點離開，留給急診人員處理就好。但看到他不明理的態度反而令我有點生氣，我不懂他究竟要我給他什麼面子？

家屬在自己身上貼了一張「我（自以爲）是ＶＩＰ」的標籤，希望可以讓他插隊，甚或是其他不合理的要求，可惜這張標籤沒辦法幫他加分。醫療上的任何決定都應該是基於專業判斷，這些屬於外在價值的標籤，並不能替病人的健康帶來改變。

當有些人用「幫自己貼標籤」的方式，以及「自以爲是的優越感」來企圖影響專業醫療時，說不定會適得其反。

# 生命的對價

家屬在開刀前塞的紅包或許代表他們認為這條命值多少錢。只可惜，人可能被收買，死神沒那麼容易被收買。

當生命被秤斤論兩的計價時，你願意花多少錢來買？

一位從高樓鷹架摔下來的工人，送到急診時呈現重度休克。除了肢體的骨折外，腦部、胸腔與腹腔都嚴重出血。

外傷團隊火速幫他安排手術，胸腔外科開胸止血，神經外科負責腦出血，我則是治療腹腔。但病情始終未見好轉，血壓一直處於相當低的狀態，病人的凝血因子因大量出血而不斷流失，造成他的凝血功能幾乎完全無法作用，因此到處都是止不住的滲血。

我試著用止血紗布壓住四分五裂的肝臟斷面，可惜，只要手稍微放開，鮮血就源源不絕地流出，速度之快讓我擔心病人會因血流不止而死在手術檯上。

「最後的辦法大概只剩下『第七因子（Factor VII）』能試試看了。」正在苦惱止不住血的時候，我的腦中閃過這個念頭。「第七因子」過去是用於治療血友病造成的凝血機能障礙，經由臨床實驗，這些年也漸漸應用於嚴重外傷無法止血的患者身上。

「這種藥要好幾十萬，家屬有辦法負擔嗎？」當天跟我一起開刀的住院醫師提出這樣的疑問。

「只要還有任何一點可能，我們都不應該放棄。況且，有這樣的選項，我們就應該告訴家屬。至於要不要花錢，或是花不花得起錢，讓他們去決定。」雖然這話說得有點殘酷，但現實面確實是如此，儘管大多數的醫療費用都有健保給付，但畢竟醫療保險仍有其限制。

我請護理同仁帶家屬進手術室，「目前他的休克依然很嚴重，全身多處都在出血，止血相當困難。」我指了指生命徵象監視器上的數字，以及自腹腔內抽吸出來的、一桶一桶的鮮血。

「那怎麼辦？你一定要救他，求求你們！」病人的妻子掩面大哭，情緒已經失控。

「請妳進來就是要說，有一種促進凝血的新藥，國外有些文獻認爲對外傷病患有療效，所以我建議……。」想到必須自費幾十萬，我不禁沉吟了一下。

「那就用啊！錢絕對不是問題，只要有最好的藥，我們願意自費。」我還沒講完，他的妻子搶著接話。

「如果妳同意，我們馬上幫他投藥，只是費用可能會高達幾十萬，妳必須有心理準備。」在我講完的同時，家屬已經在自費同意書上簽好名。

手術後，病人轉回加護病房觀察，不知道是藥物眞的發揮了奇效，還是整個團隊治療得當，又歷經十幾天的奮戰，病患終於脫離險境，轉到普通病房。

經過了幾週的療養與復健，病人已經可以出院了。對於能把一個瀕臨死亡的重傷患者給救回來，我很有成就感。他們預定隔天回家，當天下午病人的妻子請病房的書記先試算一下住院的金額。

當他們知道應付金額後，家屬把我拉到一邊，「醫師，之前您提的自費藥，是不是眞的要收那麼多錢？這筆費用太龐大了，家裡只剩我一個人工作，我的收入根本付不起。能不能請您高抬貴手，幫我們打個折，或是請健保給付這一筆款項。」

「這不是我能決定的事，如果經濟上有困難，我可以幫妳聯絡社工來協助。」事實上，錢的事情我眞的插不了手。我也不會怪她爲什麼付不出錢還要答應使用自費藥物，畢竟生命是無價的。在那個危急的當下，有任何機會，本來就不應該放過。我也不會因爲他們「可能」付不出錢，就不幫他使用。

隨後，社工人員與他們談了很久，甚至還出動了醫院的公關，最後協調的結果是讓他們分期付款，逐月攤還這筆費用。

我本來以爲這是最好的結局，病人的性命得以保住，院方也對醫療費用給予通融，雖然辛苦了點，但至少不會讓生活陷入困境。

豈料當晚他們竟然不告而別，只留下空盪盪的病房，還有一些使用過的換洗衣物，然後夫妻倆就如同人間蒸發。

他們甚至連門診都沒有回來看，我最後一次看到病患的名字，是在他出院幾週後，醫院收到的一份衛生局公文——上頭指稱有病患投訴我們「濫收自費項目」。自此事隔多年，我從來沒有他們的消息。

每當發生類似的事，我不禁要問：「到底什麼是生命無價？」

幾十年前，爲了防止事後付不出錢，家屬必須先籌措並預繳一筆錢，才能動手術，即所謂的「手術保證金」。這對醫院固然是一個保障，卻因此扼殺了許多窮苦人家就醫的權利。現在早已取消這種陋習，爲的就是不要讓金錢問題造成憾事，一切先以救人爲重，因爲「生命無價」。而外傷急症外科的病人大多來自於急診，可能是嚴重的傷患，也可能是急性腹痛的患者。不論他是達官貴人，還是平民百姓，醫師本著「生命無價」的普世價值，都會盡力救治。

但是往往病患或家屬的反應卻不是如此，各種光怪陸離的要求與想法，讓我有時不得不重新思考「生命無價」這件事。

現在早已不是過去必須包紅包給外科醫生的時代，但偶爾還是會有家屬在開刀前要塞錢給我，雖然從來不曾收過，不過我很想知道他們包多少？或許這代表家屬認爲這條命値多少錢。所謂無價的生命，此時此刻還是被貼上標價。

只可惜，人可能被收買，死神卻沒那麼容易收買。

門診時間，一位老先生由一位打扮入時、珠光寶氣的女性陪同前來看診。老先生前兩天走路不愼跌倒，渾身都是瘀青與擦傷。

我一邊撕下之前覆蓋的紗布，準備檢視傷口，一邊教導他們換藥的方式，「傷口要保持乾淨與乾燥，每次換藥時，要先用生理食鹽水清潔，之後再蓋敷料與紗布。我會開一條藥膏讓你們帶回家換藥，下個星期再回來看傷口就可以了。」

「紗布和生理食鹽水可以給我們帶一些回去嗎？」病人的女兒指著換藥工作車上的紗布。「如果可以的話，美容膠帶我也要一點。」

「這可能有困難，藥品我可以幫妳開，但是這些換藥的衛材必須自己準備。醫療器材行都有賣，價錢並不貴。」

「價錢不貴也是錢，你們醫院眞小氣。」由於我婉拒了要求，她抱怨了一句。我也不想多做解釋，就當作沒聽到。

或許是傷口的分泌物與血漬殘留，前次換藥覆蓋的紗布已經緊黏在傷口上，當我把紗布撕下來時，老先生疼得連連皺眉，「醫生，拜託你輕一點，我爸爸很痛。」病人的女兒不忍，趕緊在旁邊提醒我。

「紗布乾掉之後就會黏住，必須忍耐一下；另一個方法是貼人工皮，它是油性敷料，撕下來的時候比較不會那麼痛。」人工皮是照顧表淺挫傷相當好的敷料，雖然健保沒有給付，但我都會建議病人使用。皮膚的表淺挫傷雖然問題不大，但總是讓病人痛苦不堪，知道有可以不必那麼痛的換藥方式，很少有民眾會拒絕。

「好啊！那就貼人工皮好了。」

我一邊指示跟診的護理人員幫老先生準備人工皮，一邊跟他說明使用方式，「剛受傷的頭幾天，傷口的分泌物會比較多，必須比較密集地更換人工皮，像令尊這麼多處受傷，一次換藥大概需要五、六片。人工皮需要自費購買，如果用完了，直接去醫療器材行都買得到。」

「人工皮要自費喔？」老先生一句話也沒說，女兒卻大驚小怪，一副不可置信的樣子。

「那人工皮一片要多少錢？他大概要換幾次？總共需要多少片？」她一連串問了很多問題，都繞著錢打轉。

「一片幾十塊錢而已，照他這樣的傷口，總共可能會需要一、二十片，頂多幾百塊。」我稍微估計了一下。但從病人女兒手腕上戴的名錶，到手裡提的名牌包來看，我相信幾百塊錢對他們不是問題。

「你一開始不是說擦藥膏就會好？藥膏應該有健保給付吧！我是不是只要買一些紗布就可以了？」她的問話讓我有點意外，但確實只擦藥膏也會好，所以我有點無奈地點點頭。

「那我們擦藥膏就好了，人工皮暫時不考慮。」

他們在換完藥之後離開，但沒多久又折返，「醫生，跟你請教一下，憑看診的收據，去你們醫院樓下附設的醫療器材行買紗布，能不能打折？」

當她知道沒有額外折扣後，又是一陣抱怨，我只好請她離開。她渾身的名牌與珠寶並沒有替自己加分，對照這樣的價值觀，更令人反感。我不知道她父親的健康在她心裡究竟值幾個錢？

生命與金錢，這兩者看似完全無關，有時卻又有著千絲萬縷的交纏，身爲醫師照理說只需要考慮專業醫療，然而現實世界仍令我不得不重新思索生命與金錢的關係，以及所謂「生命無價」背後的耐人尋味……。

十五年後——

昂貴的「第七因子」在後續的人體實驗後被證實效果有限，而逐漸在外傷醫療中失去角色……。

「實支實付」私人保險商品的風行，造就了一群主動要求使用各種昂貴藥品醫材的病患，甚至出現多家投保，還可以因此賺取保險金的怪異現象。

醫療科技會變、金融制度會變，不變的仍是生命與金錢之間的矛盾……。

# 沒有健保卡的人

在這個社會的角落有著另一群人，把金錢擺在自身健康之前，因為經濟的重擔讓他們別無選擇。

一如往常的值班夜，急診室裡依然人聲鼎沸，絲毫不因入夜而停歇。此時，來了一對大約二十多歲的小情侶，女孩子半夜突然肚子痛到睡不著，男友趕緊載她來醫院。從病史判斷，是很典型的急性闌尾炎，於是我做出必須開刀的建議。但小倆口面面相覷，似乎陷入很爲難的困窘。

絕大多數來急診的病患，都不會預料到自己可能需要接受手術，很多腹痛的病人也以爲來急診只要照個X光、拿點藥就可以回家了。因此對於醫師突然宣布要手術的決定，多半會感到錯愕與恐懼，面對這樣的反應，我早已習以爲常。

病人一口回絕了我的建議，她希望拿點消炎藥與止痛藥就回家休息，男朋友也在旁邊幫腔，表示明天一早還要上班，現在沒辦法臨時請假，說著兩人似乎就急著要離開急診室。我很嚴肅地告訴他們：「闌尾炎不治療有可能變成腹膜炎，如果沒處理好會有生命危險的。」他們卻依然不爲所動。

「我認爲妳應該讓父母知道現在的病情，他們應該不會希望自己的子女冒這種危險吧？」不論病人是否接受我的建議，基於職責，必須與具有決定權的家屬再說明一次。

「她的爸媽都在南部，現在半夜也不方便聯絡，我們還是先回去，我可以照顧她。」病人男友的回答讓我既不理解也無法接受。

「你們兩個根本不知道事情的嚴重性。病人怕開刀就算了，你既然要照顧她，怎麼也跟著胡鬧？」我忍不住念了她的男朋友幾句。

小女生接著問了一連串問題，包括開刀要花多少錢？開刀後要住院幾天？住院一晚要多少錢？所有的問題似乎都圍繞在費用上，對自己的病情卻沒有太多關心。我告訴病人不必擔心錢的事，事實上，自從全民健保開辦以來，大部分的費用都由健保給付了，除了一些自費的耗材或病房的升等費用之外，最陽春的闌尾切除手術其實根本要不了多少錢。

病人這時候才面有難色地說：「我跟我男朋友都在打工，薪水很少，不夠繳保費，所以現在是處於沒有健保的狀態，可能必須自費來看病。況且……請假太多天，還會影響之後的工作與收入。可不可以不要開刀，拿藥回家吃就好了？」這時候我才知道，他們對於我的建議再三推託拒絕的原因。

我雖然同情他們的遭遇，但是這不會改變她需要接受治療的事實。我只能告訴他們，錢的問題雖然得考量，但是自己的健康更重要。況且現在的醫療院所早就不再是幾十年前，需要先繳開刀保證金才能動刀的時代了，所以更應該先把病治好，再來想後續的費用問題。

小倆口討論了一下，又拿起電話聯絡了一陣子，最後決定接受手術。

手術的結果很順利，病患在手術後第三天出院，預定一週後回門診追蹤與拆線。出院日的一大早，男朋友就來幫她辦手續，她說出院之後要趕緊回去上班，因爲請兩天病假，主管已經不怎麼高興，如果再請第三天的假，說不定就不能再上班了。通常我們會建議出院後的病人再多休養幾天，但以他們的狀況來看，我也不便勉強，只好再提醒他們出院後該注意的事項。

一週後的門診日，開診時間還沒到，小女生已經一個人坐在候診區。通常我習慣提早十分鐘到診間，可以先瞭解一下今天來就診的病患病歷，然後好整以暇地等病患來報到。雖然門診還沒開始，但看到正走進診間的我，她拜託我讓她先看診，因爲主管只准她一個小時的假，看完後還得趕回去上班。

於是我請她進入診間替她看診。她的傷口恢復得很好，正預備幫她拆線，跟診的護理人員說了一句：「小姐，妳的健保卡麻煩借我讀一下，謝謝。」病人眼神裡閃過一絲異常的神色，我猛然想起一星期前的經驗，於是對護理人員搖了搖手，表示不需要了。

「算了，拆個線而已，我幫妳把掛號退掉吧！沒有健保看自費，恐怕又要花好幾百，今天就當作沒來過好了。」病患對我投以感激的眼光。我順口問了一下：「男朋友咧？他怎麼沒陪妳來？」

「他本來要一起來的，結果在路上摔車了，不過好像沒什麼事……。」

「騎車要小心啊！要不要叫他現在過來門診，我幫他看一下？」

「嗯……不用了，謝謝你，他也沒有健保……。」對方遲疑了一下，原來也是考量到錢的問題。

「妳叫他先過來讓我看，如果沒事，妳也可以放心；如果眞的需要檢查或治療再掛號。」沒多久，小男生也來到診間，初步的評估是沒什麼大問題，看診後，我讓他們兩個直接離開，不必去批價繳費，這次看診就算是免費。

生命與金錢兩者哪個重要？我相信大多數的人會選擇前者。但畢竟每個人的價值觀都不一樣，有些人會選擇汲汲營營，用消耗健康的方式來換取存款簿上的數字，最後反而賠上了自己的身體，甚至是生命。我們總認爲這些人把金錢看得比自己的生命還重，甚至用帶有不屑與不認同其價值觀的口吻，形容他們「要錢不要命」。

但是在這個社會的另一個角落裡，有著另一群人，同樣把金錢擺在自身健康之前，在武斷地指責他們「要錢不要命」的同時，會發現其實是經濟的重擔讓他們別無選擇。

# 孝心的重量

孝心的表現，不在於花了多少錢，而在於對方是否真的受惠——我們的付出，是否是父母真正的需要？

在行醫的經歷中，曾有過短暫的時間輪調到鄉下的地區醫院服務。理論上，我所學的「一般外科」是泛指肝膽腸胃等消化道疾病、甲狀腺、乳房，乃至於疝氣手術，都算是業務範圍；但不同於醫學中心的分科精細，鄉下地方的「一般外科」其實指的是「綜合外科」。意即除了原本負責的外科業務之外，其他舉凡慢性傷口照護、燒燙傷、痔瘡，甚至是簡單的皮膚疾病都要會看。

不同於都市的擁擠與充滿壓迫感，輪調到鄉下時反而像在渡假，可以趁機沉澱自己，也觀察這裡的風土民情。結果發現，撇開社經地位與生產力這些問題，光是病人的自我照顧能力就令人頭痛，衛教也格外困難。

門診時間，一位老太太戴著斗笠赤腳走進診間，這樣的裝束引起我的注意。老太太一來就大剌剌地坐下開始講話，「歹勢喔！我剛才在田裡面工作，腳有點痛，想請你看一下。」

說著便捲起褲管，露出腿上的傷口。上頭還包覆著泛黃且偏黑的紗布，這樣的景象讓我相信她應該很久沒有換藥了。我把紗布撕開，映入眼簾的是一個六公分大的傷口，很顯然是長期癒合不良，連肌腱都隱約可見。

「妳受傷到現在多久了？過去有沒有糖尿病？」正常人的傷口應該不致於潰爛成這樣，除了自我照顧能力不佳外，我強烈懷疑她有糖尿病。

「已經快要半年了啦！一直都沒有好。之前診所幫我驗過血糖，說我稍微偏高，我都是吃我女兒買的健康食品在控制。」

這樣的說法讓我覺得有點疑惑，既然曾經有過高血糖的病史，那就更應該多注意才是，況且沒有吃藥控制血糖，竟求助於健康食品？當下我請護理同仁幫她驗血糖，結果被血糖機上顯示的、比正常值高了好幾倍的數字嚇了一跳。

這一類糖尿病足的傷口治療原則，應該是先把血糖控制到合理範圍，再合併相當積極的換藥與反覆清創，等到傷口的肉芽成熟到一定程度，甚至得考慮植皮手術。反之，若放任血糖高得不像話，傷口又不好好照顧，有的病人說不定還因此得截肢。

然而這一切都需要相當大的耐心，以及極佳的自我照顧能力。從病人的病史聽來，她完全沒有控制自己的血糖（或者說她根本不知道要控制），也沒有辦法好好地讓傷口保持乾淨、乾燥與積極換藥，反而穿著悶熱不透氣的塑膠雨鞋，甚至赤腳下田工作。這樣的自我照顧方式令我對她病情的恢復感到悲觀。

「我在診所換過很多次藥，我也有擦我女兒寄來的藥膏，可是傷口卻愈來愈爛。我女兒和女婿叫我到大一點的醫院來看。」（我當時服務的地區醫院，已經算是當地的大醫院了。）

聽完她的說法，我一字一句很仔細地用我破到不行的閩南語跟她說明，包括每天要驗血糖、要固定吃藥、糖尿病飲食的衛教、傷口的照顧方式，以及接下來可能需要清創，甚至植皮。

我講了一大串，不知道是我的閩南語不夠流利，還是解釋太多讓她聽不懂，她似乎只注意到最後「開刀」兩個字。「開刀？不用吧！幫我打一針消炎藥就好了啦！」她對自己疾病的認知讓我相當錯愕。

「這個光是打針是不行的，可能要把傷口清一清。」我還是不死心地再講了一次。

「眞的要開刀喔？我女兒在臺北做生意，我叫她跟你講，我聽不懂你說什麼。」她拿出電話撥給她的女兒。「醫生，你跟她講。」說著把電話遞給我。

「不好意思，我是病人的女兒，我想知道我媽媽的病情。」電話彼端傳來年輕女子的聲音，感覺上應該可以理解我說的話。

「令堂腳上有個慢性傷口，據她的說法是已經半年沒有癒合了；而且她的血糖相當高卻完全沒有控制，這樣下去不行。」我很希望她女兒能聽進我的建議，或許可以幫她母親快一點好起來。

「你的意思是我媽媽有糖尿病嗎？那是不可能的，我一直都有寄日本進口的保健食品給她吃，很多日本老人都是吃這個在預防糖尿病或心血管疾病。」

「我是不知道妳都給令堂吃什麼，不過我剛才幫她驗的血糖值是正常人的好幾倍。」數字會說話，我相信她的糖尿病從來沒有治療過。

「那傷口的部分呢？不是只是一個被鐵片割到的小傷而已嗎？」她女兒的問話讓我不禁懷疑，究竟她有沒有看過自己母親腳上的傷口。

「沒有妳想得那麼簡單，目前她需要相當積極的傷口照護，過一段時間可能得考慮手術治療。」

「你們小醫院的醫生就是這樣，動不動就叫人家開刀！我幫我媽買的是最好的玻尿酸藥霜耶！那種藥在臺灣買不到，我透過朋友從日本帶進來的。我不會讓我媽媽輕易動刀的，有空的時候我會去接她上來臺北的大醫院看！」她女兒很激動，一連串不友善的話，還有對傷口的錯誤觀念，讓我快聽不下去。

「妳最應該做的事，是來看看妳母親，親眼看一下傷口。如果妳真的很關心她，就不會放任她不懂得自我照顧。這樣的自我照顧品質，妳帶她去哪裡看都是一樣。」掛上電話前我忍不住說了她一頓，雖然事不關己，可是我對病人的遭遇感到同情。

孝心的表現，不在於花了多少錢，而在於對方是否眞的受惠。或許我們想要盡點孝道，對父母表示一點心意。但更應該問的是，我們的付出是否是父母眞正的需要？

# 共犯結構

認為我是會收紅包的醫師已經是一種看輕，認定我沒有收紅包就不用心治療，就是一種侮辱了。

當外科醫師很多年，偶爾還是會遇到要包紅包給醫師的病人或家屬。或許是幾十年前的陋習與刻板印象所致，即便是二十一世紀的今日，有些病患家屬仍會存著「包紅包買心安」的錯誤觀念。而我們則依循過去恩師們的言教與身教，被再三告誡不應該收取不義之財，因此每次遇到這樣的情形，通常要與家屬一番拉鋸，才能讓他們打消這個念頭。我總是告訴他們：「你有繳健保費與醫藥費，我也有領醫院的薪水，所以額外的錢你不必給，我也不會收。」

有個預定好要做胃切除的老太太，手術從早上八點開始，進行到中午左右結束，手術後，我拿著切下來的檢體跟家屬們說明病情。聽完我的解釋，他們對我說：「傅醫師，我們今天一早就在找你，可是一直沒有遇到你。」

「我一大早就進手術室了，整個早上都在開刀，你們找我有什麼事？」我對家屬的問題有點不解。

「我們想表示一下心意。」就在解釋病情的小房間裡，說著說著就掏出一疊鈔票要給我。

「不行不行！我不收這個，你們不要害我。」看到家屬要包紅包，這是最令我害怕的事，我像觸電一樣退開一步。

「沒關係啦！這是我們的一點心意。」

「把錢收回去！」我相當堅持，當場氣氛有點僵。

「我們只是想表示感謝……。」他們還是不死心。

「感謝用說的就好了，我從來不收紅包。」我還是必須繼續堅持。

「我們眞的想送您一點東西……。」

「有些家屬會送花籃或水果，最多只能夠這樣子，金錢或貴重的禮物都免談！」偶爾會有病人家屬送水果禮盒，通常我都在護理站直接分給大家一起享用，這是我能夠接受病人饋贈的極限。

「那送水果好了，醫師的意思是到時候再把錢塞進盒子裡。」他們七嘴八舌討論出的結論讓我瞠目結舌。

「不要再講錢了，我會生氣！」我最後用幾近咆哮的方式結束這場鬧劇。當天下午就收到家屬送來的蘋果禮盒，果不其然裡頭有一個塞滿鈔票的信封。在我義正嚴詞的拒絕下，他們才拿回去。

某個不平靜的值班夜，內出血的機車騎士急需立即進行手術，解釋完手術的內容後，病人母親神祕兮兮地把我拉到角落，「醫生，麻煩借一步說話好嗎？」說著也是從口袋拿出一疊鈔票要給我，「我身上臨時只有這些，晚點我丈夫來，我再補給您。」我又是如觸電一般彈開拒絕。

「醫生，求您救救他，這些錢雖然不多，但拜託您務必收下，您不肯收是不是代表他沒救了？」家屬幾乎是哭著把錢塞給我。我可以理解身爲母親愛子心切的焦急，但我對她有這樣的想法感到意外。

「救命是我該做的事，這跟收不收錢無關；他會不會好也和妳有沒有包紅包無關。」或許家屬都會在這樣生死交關的時刻，不計一切的代價，只希望能挽回親人的生命，但我還是得分辨出什麼是該做的事，什麼是不該做的事。

「這是我感謝醫生的心意，我發誓不會說出去。」

「妳的感謝心意我收到，我也發誓不會收妳的錢！」又是一陣你來我往之後，家屬終於把錢收回。

「你不收，我心不安啊！如果你嫌我們的心意不足，沒有用心治療怎麼辦？」我又費了一番唇舌來解釋不收錢的原因，不是因爲病人的病情不樂觀，更不會因爲沒收錢而不用心。認爲我是會收紅包的醫師已經是一種看輕，認定我沒有收紅包就不用心治療，就是一種侮辱了。

這兩個病人最後都在手術後順利出院，他們繳交了應付的醫療費用給醫院，與醫師之間沒有額外的金錢交易，他們很感謝，也很感動，但其實這只是我的本分與該做的事罷了。

在這兩件事中，如果當時因爲一時的迷失而把持不住，如果心念電轉之間就把錢收下來，其實家屬不說我不說，只要病患能順利出院，整件事情就瞞天過海，神不知鬼不覺。所以若要說收紅包會對不起誰，事實上過不去的只是自己的良心、恩師的教誨，以及多年來廉潔的堅持。

在行醫的過程中，我們必須面對與抗拒各種誘惑，往往只要稍不能自制就會動搖。白花花的鈔票擺在眼前，要不心動其實相當困難。很少有人不愛錢，也很少有人嫌錢太多。然而，收紅包當然是不對的行爲，應該要被譴責，但包紅包的行爲是不是也該檢討一下呢？收賄者固然有罪，行賄者又豈是無辜？我們的身邊充斥著太多誘惑，在教育醫學生、醫生不能收紅包的同時，也應該教育民眾不應該包紅包給醫師。

這就像是教育單位總是三令五申，學校附近不得設立網咖和電動玩具場，就是怕學生定力不足受到誘惑。但在教育學生不得涉足不良場所之外，也同時要約束業者，使其不能提供誘惑。而當醫師受不了誘惑收受紅包被輿論譴責的同時，期望這個社會也能扭轉長年以來「包紅包求心安」的心態。

面對各種誘惑，我只知道自己絕對不能動搖。

# 不撒謊的診斷書

或許有詐病投保的投機分子，但也有屢屢被保險公司刁難的可憐人。面對天平的兩端，我不是仲裁者，只能恪遵中道，扮演好見證者的角色。

醫療工作的過程中，免不了和保險業扯上一點關係。

可能是病人要求醫師開立診斷書，以請領理賠金；也可能是保險業者要求醫師確認病人不是詐病或詐保。但在保險業者與投保人的角力戰中，醫師只是「見證人」，而不是「仲裁者」。

一位因車禍而小腿撕裂傷的病患來門診拆線，傷口復原得相當不錯，拆完線他要我幫他開一份診斷證明，可以請領保險理賠。於是我幫他在診斷書上，詳細載明了傷口長度、急診縫合的日期與門診追蹤的次數。

「傷口的長度可不可以幫我寫大一點？我的保險金額是依照傷口比例去算的，我希望你幫我寫『傷口長度大於十公分』。」病人看完我開的診斷書，似乎對內容不甚滿意。

「這可能沒有辦法喔！傷口多大，我就只能寫多大，你的傷口長度頂多只有五公分而已。」爲了讓他死心，我刻意拿出尺來量他的傷口長度。

「不能幫忙一下嗎？寫大一點對你又沒有影響，而且剛受傷的時候傷口確實比較大，這幾天癒合之後就變小了。」他還是不死心，天眞的以爲只是診斷書上改幾個字那麼簡單。

「這是僞造文書，我不做違法的事。況且你的傷口再怎麼縮小，都不可能從十公分縮成五公分。所以很抱歉，我幫不上忙。」

病人看我的態度很硬，就不再堅持。臨走前，他看了自己的診斷書，似乎又想到了什麼。「我受傷的那一天，因爲頭部有受到撞擊，所以在觀察室躺了兩個小時才離開。你可不可以幫我在診斷書上寫『因腦出血而住院觀察』？」

「首先，當時你沒有做電腦斷層，因此無法診斷是否有腦出血；第二，在觀察室躺兩個小時，並不算住院，我頂多是幫你加註入院與出院的時間分別是幾點幾分，由你的保險公司去判斷是否算是住院。」他還是沒有弄清楚，醫師除了提供醫療服務之外，最多就只是忠實呈現病情與治療經過。至於如何解讀，則是保險公司的事，我無權過問。

「既然我沒有做電腦斷層，那你怎麼知道我沒有腦出血？」

「你如果眞的有腦出血，已經過了一個星期，怎麼會一點事都沒有？這個話題就到此爲止了。」我對於病人近乎耍賴的態度有點不耐。

臨走前他打了一通電話，說醫師不通情理，甚至擋他財路云云。聽到他有這樣的抱怨，我只感到無奈而已。

有一位老先生因爲膽結石合併急性膽囊炎，經過腹腔鏡手術後順利出院了。回診當天，我幫他開了診斷書，並且排定三個月之後的超音波追蹤。

隔了一週，老先生由一位西裝筆挺的男子陪同來掛號，對於他這麼快就回診，我感到相當意外，以爲是手術後產生了什麼不適。

「醫生，你上次開的診斷書不對，所以我要求重開。」

「不對？那眞是不好意思，我幫您看看哪裡開錯了。」我以爲是自己筆誤，可能住院或開刀的日期寫錯了，害病人得再來醫院一趟。

但我把診斷書仔細看了一遍，又核對了一次病歷，並沒有發現任何錯誤，「沒有開錯啊！請問有什麼問題嗎？」我不理解哪裡開錯了。

「診斷有問題，你只寫膽結石不夠，要幫我改成膽管結石。」老先生對於這一字之差相當在意。

「膽結石和膽管結石不一樣，你只有膽結石而已，但你的膽管裡沒有結石，所以沒辦法幫你改。」雖然只差一個字，卻是兩種完全不同的疾病，治療方式也完全不同。

「您好，我是伯伯的保險經紀人，伯伯這次請領理賠金遇到困難，所以我才來協助他拿診斷書，希望您給個方便。」病人身旁的男子遞上一張印有某壽險公司的名片給我。

「我只能照病人實際的病情開診斷書，沒有的疾病本來就不能亂寫。要我給你什麼方便？」對於無理的要求，我沒有妥協的必要。

「光是差這一個字，給付就差了快兩萬塊，您就不能配合一下嗎？」我相信保險經紀人只是出於一片好意，想替他的客戶爭取多一點理賠而已。

「肺炎與肺癌也只差一個字，你覺得兩者差不多嗎？」我揮揮手請他們離開，雖然我也很想幫助病人，但前提是必須合法，所以我不再多做解釋。

事實上，保險公司也不是省油的燈，一方面他們接受保戶持醫師開立的診斷證明來請領理賠；另一方面他們也會調閱病歷，或是請醫師回覆相關問題，以確定病人沒有詐病，或是醫病之間沒有串通詐保。而且大部分民眾在投保時，都會連帶簽署一條同意保險公司調閱病歷的條款，表示基於維護保險公司權益與防止詐騙，保戶必須同意保險公司介入病情的調查。

經常堆滿在我桌上的保險公文就是這樣來的。

曾有個工作時不慎自鷹架摔落而斷腿的工人，拿著我開的診斷書去請領傷殘給付。幾天之後，我就收到保險公司的來文：「請問病患受傷時是否有喝酒？當時的酒精濃度如何？」

一般來說，若不是交通事故，高處墜落的傷患是不需要驗酒測值的，因此我只好回覆：「依急診病歷記載，當時並無酒精值檢驗數據。」

沒想到過了幾天，又收到來函：「請問何以當時沒有酒精檢測紀錄？請具體陳述原因。」

這下換我不太高興了，立刻提筆回文：「病患非交通事故受傷，請貴公司先說明墜樓病患需驗酒精濃度之原因，否則不予回覆。」自此保險公司沒有再來函，我也漸漸忘了這件事。

過了幾個月，在門診又遇到病患，我向他提起之前與保險公司你來我往的經過，他聽了也是苦笑一下：「我到現在還沒有拿到錢，他們說我有喝酒的習慣，懷疑我是因爲喝了酒才摔下來。他們要我『靜候調查』，結果這一查就是好幾個月。」聽完這席話，我也不知道該說什麼，因爲實在幫不上忙。

又過了一段時間，同樣的案子又收到保險公司來函詢問，這次的問題讓我更瞠目結舌。「請問病患是否有自殺傾向？病患之外傷是否有可能爲蓄意而非意外？請問病患之殘障狀態爲永久性或暫時性？」

一時興起，我拿起筆來，洋洋灑灑回了保險公司一大篇。「病患爲蓄意或意外受傷，請向檢警單位詢問，醫師無法判定。目前醫療科技尚無法讓病患的下肢再生，因此在新科技問世之前，病患爲永久性殘障。」保險公司的問題如此荒謬，我也顧不得公文格式與禮儀，把對方調侃了一頓。

之後我再度遇到病人，距離他受傷已經過了半年，理賠金依然沒有領到，保險公司要求他先在精神科門診追蹤三個月，確定沒有自殺傾向才肯理賠。

或許有詐病投保的投機分子，但也有屢屢被保險公司刁難的可憐人。面對天平的兩端，我不是仲裁者，只能恪遵中道，扮演好見證者的角色。

# 3.

# 醫學院
# 沒教的事

# 一堂教我永不放棄的課

隔著手套，我幾乎可以直接觸摸到生命的源頭。心臟就在我們面前奮力跳動著，似乎在告訴我們不要放棄它。

即使已經身爲主治醫師，値班本身仍是一大挑戰，偶爾會遇到診斷不確定的病人，或是自己沒把握的手術。遇到嚴重的外傷患者，醫師又必須在電光石火間下決定。很短的時間內，要決定病人需不需要開刀；很短的時間內，要做好手術的計畫；很短的時間內，要決定手術後（或不用手術）的治療計畫。

然而，我們常會遇到一些非常嚴重的病人，嚴重到連醫生都會猶豫，究竟救不救得活。

記得我剛當主治醫師的頭幾個月，遇到一位年輕的機車騎士被送到急診，到院時完全量不到血壓，第一時間，急診醫師馬上開始施行心肺復甦術。

這一頭，急診醫師忙著幫病人做心臟按摩，另一頭，我手持超音波檢查出血情形。從超音波上看到心臟還在微微跳動，但心包膜內卻出現積血，這是很典型的胸部撞擊之後造成的心包膜填塞。除了心包膜外，腹腔內估計也有兩千毫升以上的出血。

（外傷急救室，到院第五分鐘，心跳：一五五／分鐘，血壓：〇／〇毫米汞柱）

當時資歷尚淺，沒有太多處置這類傷患的經驗，直覺認定病人已經回天乏術。就算不斷給予強心劑並持續進行心臟按摩，大概也撐不了多久。我甚至覺得與其做無謂的治療，倒不如勸家屬放棄急救，至少可以讓病人最後走的時候少一點痛苦，也更有尊嚴。

由於是星期一早上，剛好我的科部主任巡視急診，看到一群人圍在急救室裡，便走過來瞭解病情。我簡短地向長官報告了病人的狀況以及我的打算，聽完之後，他面無表情，脫了白袍、戴上手套開始替病人皮膚消毒。我當時愣在一邊，不知道長官這麼做的用意，「只要心臟還在跳，就還有機會，準備開胸。心包膜填塞的問題要先解決！」

「現在？在這裡？」此時此刻的急診室，沒有麻醉科的協助，沒有手術室的器材，我很難想像要在這麼簡陋的地方進行開胸手術。

「開始啊！你在等什麼？你不開進去止血，當然怎麼急救都不會有用！」主任對遲疑的我一聲大吼，才讓我如夢初醒，用顫抖的手拿起手術刀進行心包膜減壓手術。過去這類手術的經驗並不多，沒想到這種生死交關的時刻竟然被我遇到，還是在設備陽春的急診室裡。

只見心包膜一剪開，鮮血立刻不斷湧出，我趕緊接上引流管，並抬頭看了一下目前的生命徵象，沒想到原本一直低到量不到的血壓竟然開始回升。

（外傷急救室，到院第十五分鐘，心跳：一一八／分鐘，血壓：六三／四一毫米汞柱）

「推上手術室，準備開胸與開腹手術。」、「馬上聯絡心臟外科，並準備體外循環器，我們現在只是暫時幫心臟減壓，等一下要仔細檢查心臟受傷狀況。」主任下了一連串的命令。雖然我自己也是主治醫師，但是要獨力面對這樣的大場面，經驗尚嫌不足。在資深前輩面前，我還只是個學生。

「在這個時候放棄，永遠都不會有救活的病人。」當我們一起把病人推進手術室時，主任對我說了這麼一句話。

手術室裡，雖然心包膜填塞獲得緩解，狀況也比剛到急診室時稍微好了一點，但休克的情形依然相當嚴重。外科醫師正在消毒準備，麻醉科醫師接手心臟按摩，繼續急救。當時幾乎大部分的人都認爲已經沒機會了，準備手術的時候，我甚至聽到有人說我們會「白忙一場」。

病人的肚子一打開，我們看到的是碎得四分五裂的脾臟，還有多處如噴泉般冒出的鮮血。當時顧不得那麼多，我只能東一把、西一把夾住出血的血管，先把血止住再說。這時候腹內的出血雖然獲得控制，但大量失血的結果，心臟開始走向衰竭，因此血壓並沒有跟著回升。

（手術室，到院第三十五分鐘，心跳：一一五／分鐘，血壓：六六／四四毫米汞柱）

「兩位醫師，病人的血壓又在往下掉，我們要開始心臟按摩了。」另一端麻醉科醫師發出警告，狀況似乎愈來愈差。

「光是這樣壓沒有用，我們直接按心臟。」由於先前心包膜已經被打開，主任很流利地將刀口延伸到胸腔，把心包膜整個打開，心臟就在我們面前奮力跳動著，似乎在告訴我們不要放棄它。我完全沒有想到，心臟按摩可以這麼直接又這麼有效。

隔著手套，我幾乎可以直接觸摸到生命的源頭。我一下一下按壓著心臟，幫助已經快要衰竭的心臟把血打到全身。經過了十多分鐘的努力，心臟的跳動愈來愈規律，再加上持續的輸血，發生了不可思議的變化。看著病患的生命監視器，收縮血壓從六十到七十，再慢慢上升到九十，沒想到居然眞的回來了！

由於狀況相對回穩，這時候我才有時間慢慢把肚子裡的血塊清除，再把剛才爲了快速止血而猛夾一大把的血管，一條條仔細分開綁好、縫好，腹部的手術也終告成功。

（手術室，到院第七十五分鐘，心跳：一二三／分鐘，血壓：九四／五六毫米汞柱）

隨後趕到的心臟外科醫師也幫忙裝設好葉克膜（ECMO）體外循環器，暫時支撐病患的心肺功能，手術總算告一段落，接下來的計畫就是回到加護病房繼續治療，離開手術室時血壓終於穩定下來。

雖然後續還有漫長的復原之路，但至少這個患者的命被我們留住了——這個原先躺在急救室、差一點被我宣判死刑的外傷患者。

將病人送回加護病房後，我癱軟地坐在護理站裡發呆，思索著剛才的震撼教育。受訓的過程中，或許讀過不少書，也開過不少刀。但要在關鍵時刻做出決定，似乎經驗的累積還是自己最欠缺的。

看到我沮喪的表情，長官只是笑了笑，拍拍我的肩膀。

這是一堂教我永不放棄的課。

# 不服輸的心臟

或許我們真的無力回天，但堅持到最後一刻，才是對生命最大的敬意。

很多傷患其實在事故現場就已經瀕臨死亡，即使送到醫院，往往也回天乏術。遇到這樣的病患，醫師可以選擇依照法定程序，急救三十分鐘無效後宣布死亡；也可以選擇再為他做點什麼。

一位年輕的機車騎士失速摔車，被後方來車輾過，在路邊躺了好一會兒才被發現。送到醫院時已經量不到血壓，並且處於昏迷指數只有三分的重度昏迷。

傷患到院時，依照國際上的標準指數來算，預期存活率只有一．七%，幾乎必死無疑。

病人被送到急診後，立刻啓動外傷小組，醫療團隊在很短的時間內完成了插管、急救與初步檢查。雖然有重度休克且完全量不到血壓，但是心電圖上還看得到心臟在微弱的跳動著。超音波顯示腹腔內有出血，並且從身上的輾痕與不穩定的骨盆骨折看來，懷疑骨盆腔內也在出血。

此時處置的決策就繫於外傷醫師的一念之間，如果選擇在急救三十分鐘無效後宣布死亡，一切還沒開始就已經結束了。畢竟到院時的狀況並不好，再加上預期的死亡率如此之高，正常來說不會有人懷疑醫師沒有盡力。

然而面對一個外傷患者，既然已經知道哪裡在出血，就應該積極去止血。如果血能夠止住，或許他還有機會。

病人的心臟還在跳。

病人自己都沒放棄，我們憑什麼放棄？

「通知手術室準備，這個病人要立刻開刀！」我一邊交待急診儘快把病人送進手術室，一邊打電話聯絡，無論如何，我現在馬上需要一個房間。

「開刀？已經沒有血壓了耶！」值班的住院醫師很疑惑地問我。

「可是他的心臟還在跳，沒有血壓是因爲血流光了，趕緊開刀止血，再趕快輸血，還有一拚的機會。我們不能因爲他可能救不活就不救！」我指著心電圖上的波形，這顆不服輸的心臟還在頑強地跳動。

在很短的時間內，病人已經被送進手術室，我必須助他一臂之力。

肚子打開後，看到大量的鮮血湧出，腸子被撞斷了一段，破裂的腸繫膜正在噴血，我很快地完成腹腔止血。但除了腹腔內的出血，後腹腔的血塊也不斷隆起，應驗了我的懷疑——嚴重的骨盆骨折造成後腹腔也在流血。

「打電話給放射科，請他們準備血管攝影室，目前手術已經告一個段落了。我現在要把病人推去做血管攝影栓塞止血！」後腹腔的出血無法單靠手術來止血，必須借重放射科醫師的協助，用血管攝影栓塞的方式才能完成。於是戰場從手術室轉移到血管攝影室，這時候病人的脈搏依然相當微弱，但心臟仍堅強地跳動著。

很感謝放射科醫師的配合，我們還在進行手術時，血管攝影的設備與人員都已經準備好了，就等著手術結束送病人過去。

血管攝影看到的影像果然慘不忍睹，骨盆腔動脈兩側的分支都在噴血，流血量之大讓栓塞的進行相當困難。另外，或許是被整輛車輾過的緣故，背上的腰椎動脈也在出血。更棘手的是，支配大腿的股動脈也在出血，如果連這條血管也栓塞，那他的腿可能就保不住了。

但逼不得已，爲了止血救命，有些犧牲是必要的。

血管攝影做了三個多小時，放射科醫師忙進忙出，始終沒停過；麻醉科也不敢大意，一直盯著病患的監視器，血則是輸了又輸。

整個治療過程中，雖然休克的狀況並沒有改善，但沒有一個人放棄。時值晚餐時間，也沒有一個人抱怨，大家都很用心地爲這條生命努力著。

總算血管攝影暫時告一段落，主要的出血點都獲得控制，「能控制的血管我都盡量處理，如果再流血，我也沒有辦法了。」放射科醫師滿頭大汗地結束治療，我很感謝他這麼盡力幫忙。

「下一站是頭部電腦斷層。」外傷的處置是強調先保命，一旦命保住了，才有本錢與機會做更多的檢查。既然一開始來到急診，因爲嚴重的休克必須先搶回病人的一條命，因此等不及做頭部電腦斷層就送去開刀。而現在出血暫時獲得控制，趁著這個空檔應該去檢查腦部。

血壓依然非常低，同事問我要救到什麼程度？「我也不知道，就拚命吧！他這一生只剩這一次機會了。」

「你知道他根本救不活嗎？就算救活了，也可能只是植物人。」同事對我的回答似乎有點不以爲然。

「我知道他能活下來的機會很低，但是所謂的放棄，應該是建立在已經盡最大的努力之上。」同事說的不無道理，我沒辦法反駁，但我有我的堅持。

在做檢查的幾分鐘裡，我拿起電話打給血管外科的值班醫師，「有一個病人股動脈破裂，爲了止血保命，目前暫時用栓塞先把血管塞住，我需要你的協助來重建血管。」

「沒問題，我馬上到！」血管外科的醫師很豪邁地一口答應。

電腦斷層的結果並不好，他也同時有腦出血。我只得再聯絡神經外科，「有一個出血性休克的傷患，我們已經控制住腹腔的出血，但電腦斷層看到有腦出血，這部份我需要你的協助。」

「沒問題，我馬上到！」沒多久神經外科的主治醫師也出現在現場。

做完血管攝影與電腦斷層後，病人又回到手術室，神經外科準備接手進行腦部的手術。

我又拿起了電話，這次打給泌尿科。「有一個下半身被輾過的病人，尿道可能已經斷了，我需要你的協助來做膀胱造口。」

「沒問題，我馬上到！」很快的泌尿科醫師也出現了。

我最後一通電話是打給骨科，「有一個不穩定的骨盆骨折病人，急救手術已經進行到一個段落，我需要你的協助來幫骨盆骨折做外固定。」

「沒問題，我馬上到！」電話放下不到五分鐘，骨科醫師也來了，他還補了一句，「從這個病人一到急診，我就一直在注意他的動向。」

可惜與死神的對決在最後終究敗下陣來，忙了一整晚還是救不回他的命，病人因爲不敵持續嚴重外傷造成的損害而回天乏術。

醫療有其極限，團隊已盡了最大的努力，然而在這樣的夜裡，如此多人在爲一條生命努力著，這是多麼迷人的一件事！
或許我們眞的無力回天，但堅持到最後一刻，才是對生命最大的敬意。

# 空中接力

從金門到臺灣，只要任何一個環節放手，這個年輕人的生命就不會回頭。

外傷醫療最重視「即時」與「不間斷」的治療，傷患存活的關鍵往往在於能否快速接受妥善的處理，並且在治療過程中，能夠有團隊提供「即時」與「一致」的照護。

一個在金門讀書的大學生，深夜發生了重大車禍，第一時間先就近送往金門的醫院治療。當他被送到急診室時，已經呈現嚴重內出血與重度休克，我所服務的機構，業務上還包括金門離島的外傷救治，當晚值班的正是我的同事，他是本院派駐支援的資深醫師，立即替病患安排了緊急手術。

四分五裂的腎臟與肝臟、腹內幾千ＣＣ的鮮血，正一點一點地啃噬年輕人的生命，緊急摘除破裂的腎臟後，肝臟深處仍持續有鮮血湧出，恐怕不是手術可以解決，只能先以止血紗布加壓，幫病患爭取時間。

「肝臟的出血來自深處，外部加壓只能暫時止血，最理想的方式是做血管攝影栓塞，如果能夠控制住出血，病人才有機會。」

「狀況很不穩定，我認爲應該要送回本島繼續處理。」

凌晨一點，第一次手術結束，外科醫師與加護值班醫師討論著接下來的計畫，顯然年輕人需要的照護，已經超過本地可以提供的量能。

「我來聯絡飛機！也請本島的同事準備，病人一降落就要繼續治療。」

旁人聽起來輕描淡寫，彷彿是打電話叫救護車計程車一般，但是他聯絡的是一架飛機，一架足以運輸嚴重傷患飛越海峽上空的飛機！所謂的轉送，也不是從一個病房轉到另一個病房，而是從離島轉回臺灣！

飛機準備好了，病人的血壓卻又更低了，也就是說，距離鬼門關的距離又近了一步。

「這樣……可以上飛機嗎？會不會死在飛機上？」機組人員有些猶豫。確實，運送極不穩定的病患是有壓力的，更何況是空中飛行。

「我送病人回去！路上有事我處理！」有外科醫師親自壓陣，率領醫護人員護送病患回本島，他的一句話替團隊打了一支強心針。

引擎高速轉動著，彷彿在與年輕人流血的速度比快，機鼻拉起飛向天際之時，一場與死神拔河的跨海救援就此展開。

等待轉送與飛行的過程中，另一頭全科的通訊軟體群組也沒閒著，雖然是大半夜，大家紛紛提供意見，本島值班的人員也已經準備好了！

約莫一個小時飛機降落在桃園機場，救護車已經待命將病患接到總院。急診第一線的同仁已經聯絡好檢查單位，快速評估之後就直送血管攝影室栓塞止血。當將病患送上血管攝影檯，放射科醫師把怒張噴血的血管堵住那一刻，有人低聲發出歡呼：「這個病人有救了。」

「這個病人有救了。」這是對團隊的信任，以及對自身能力的自信與肯定。

栓塞止血成功，仍需要重回手術室做細部止血與檢查，由我接手了這個任務。在加護病房與死神纏鬥數天後，病患順利轉出加護病房，再過幾天終於順利出院。

出院當天醫療團隊來和年輕人與父母合照，有幾位醫師上次見面是在金門，這次在林口再見；在接力救援的過程中，若是有任何一個環節沒有接上，下次見面就是下輩子。

在政府的規劃下，醫學中心必須肩負起支援偏鄉醫療量能的任務，也因爲這樣的政策，許多受限於設備、人力與距離的病患，才有機會能夠康復。

另一位十八歲的年輕機車騎士，因爲車禍被送到金門醫院。到院狀況爲嚴重休克、意識昏迷，檢查結果是顱內出血、右側氣血胸合併雙側肺挫傷、肝臟撕裂傷大量內出血與下肢開放性骨折。

這是一個已經一隻腳踏進鬼門關的人，要治療這樣危急的狀況，考驗著病人本身的生命力與救援團隊的能力，大部分的醫療院所可能都無法救治，更何況是離島金門。

標準處置是放置胸管後立即安排腹部止血手術，有了前次轉診成功的合作經驗，大部分複雜的外傷處置流程都已經常態化，這天也不例外，派駐金門的醫師沒有遲疑地照著劇本走，無論是在臺灣本島或是金門。

初步止血之後卻有了新變化，肺部挫傷加劇影響血液中的氧氣濃度，能夠挽救只能靠ＥＣＭＯ葉克膜體外循環機。

金門醫院有沒有葉克膜？

有！

接著外傷醫師的腹部手術後，心臟血管外科醫師接手放置葉克膜，然而危機並沒有解除，後續還有許多治療要進行，這恐怕得送回本島才行。

帶著葉克膜能上飛機嗎？

大家經驗都不夠。

但是也只能拚了，為了這個年輕人的命，得替他拚最後一次！

飛機升空，載著傷患、裝著葉克膜的傷患、裝著葉克膜正在與死神拔河的傷患，這臺葉克膜連接著病患的生與死，也連接著金門臺灣跨海救援的成敗。

安全抵達臺灣，安全送回總院，安全接受後續治療，平安出院返回金門！

困難的救援需要永不放手的團隊，從金門到臺灣，只要任何一個環節放手，這個年輕人的生命就不會回頭。

深夜的臺灣海峽上空，眾人沉睡的寧靜夜晚，不時上演著一場場驚心動魄，與死神拔河的生死接力。

# 永不磨滅的熱情

既然無法改變命運，就試著享受上天賦予的責任。

周遭的蜚短流長，你有多大的能耐去周旋？面對誤解與成見，熱情又能維持多久？

記得多年前我剛升任主治醫師時，當時用腹腔鏡進行闌尾切除手術尚不普及，全民健保尚不給付部分的醫療耗材，若選擇使用腹腔鏡手術，病人須多付一筆自費款項，而預算有限的民眾，往往只能毫無選擇地接受傳統的手術方式。

某天，急診室診斷出一位急性闌尾炎的中年婦女，於是聯絡當天值班的我前去會診。我一如往常地說明手術的目的、細節，以及可能的風險，最後告訴她有兩個選擇，「目前針對闌尾切除手術有兩種方式，一種是傳統的右下腹切開手術，另一種是用腹腔鏡來切除。」

「哪一種比較好？」

「兩種手術的目的與結果都一樣，但很多病人選擇用腹腔鏡，是因爲傷口比較小，疼痛度比較低，術後恢復也比較快。」

「那既然腹腔鏡手術比較好，爲什麼還有人要選傳統手術法？」

「因爲目前全民健保還沒有完全給付腹腔鏡手術的耗材，所以選擇腹腔鏡手術會有幾千元的自付額。這筆費用並不是付給醫師，而是純粹的材料費。」全民健保的時代，每次跟病人提自費項目都要特別小心，以免誤會。

「幾千塊！這麼多？」病人的表情有些詫異，似乎是不太相信。

「沒辦法，這是醫院的規定，價錢不是我訂的。如果有經濟的考量，我們也可以用傳統開腹手術來處理。」對於病患的疑問，我只能聳聳肩。

最後病人在有點心不甘情不願的狀態之下，簽署了自費同意書，接著就準備進行手術。

由於只是個單純的急性闌尾炎，手術大約半小時就完成了，術後我請家屬到手術室外說明病情，她的先生感到非常意外：「不是才開始沒多久嗎？怎麼就結束了？不到一個小時的手術，就要收我們好幾千？當醫生真的是好賺！」

即便處在二十一世紀的臺灣，很多民眾對醫師還是存有刻板印象，覺得我們的工作「很好賺」。他們不會理解的是，他的主治醫師之所以能用半小時完成手術，是無數個夜晚的苦練與經驗的累積。我早已習慣病人有這樣的誤解，所以不再多解釋什麼；對於這樣的蜚短流長，我選擇沉默以對。

門診時來了一位年輕的女病人，五天前因為騎機車擦撞來過急診，今天回來門診追蹤。一進診間就相當不客氣，「我的傷口為什麼這麼多天還在痛？會不會傷口裡面有什麼問題？」

「受傷之後的傷口疼痛是很正常的，目前妳的傷口看起來沒有紅腫或不正常的分泌物，基本上不會有太大的問題，只要保持乾淨、乾燥，很快就會好。」我診視完傷口之後做出專業建議。

「你就這樣看一眼，什麼檢查都不用做？你的意思是不用管它囉？」

「我幫妳看傷口不也是做檢查嗎？檢查不見得非得靠抽血或照片子。醫師視診也是一種專業評估。」雖然感覺到病人不友善，但我寧可相信她是因爲身體不舒服，才讓她忽略了禮貌。因此還是耐住性子，仔細解釋給她聽。

「受傷後，我的頭一直很痛，我要求徹底檢查有沒有傷到腦部！」

「絕大多數的腦出血，在妳受傷的那一瞬間就發生了。現在距離妳受傷已經過了五天，而妳還可以意識清楚地正常走路進來，跟我正常的對話，一般都不會有問題。況且，妳被送到急診的那一天已經做過頭部電腦斷層，也證明了沒有問題。」

「你這樣就算看完了喔？」她似乎對我的診療相當不滿意，拿了批價單之後就悻悻然離開了。

過沒多久，她又跑回診間抱怨，「你就這樣看一眼，憑什麼跟我收『傷口診療費』？你開的藥膏我在一般的藥房就可以買到了。醫生這樣當也太『爽』了吧？」

碰到這種情形，有些同僚會選擇多一事不如少一事，把這項費用刪除，省得跟她囉嗦。況且，所謂的「傷口診察費」也才幾十塊錢而已。但是對我來說，專業的尊嚴不容許被踐踏，於是我試著跟她講道理，「我剛才有幫妳看傷口，這就是所謂的傷口診察。」

「你就這樣看一眼，那我何必來看醫生？」

「我告訴妳傷口快好了，這是專業評估，我講這句話是要負責任的。」醫生必須為他說的「傷口沒問題」負專業判斷的責任。事實上，開一堆藥、做一堆檢查，何難之有？眞正的本事就是「看一眼」就知道有沒有問題。

結果又是一陣拉鋸。病人還是堅持「只是看一眼」不應該收費，甚至質疑我們濫用健保資源。我只好請她離開，要怎麼想只能由得她去。我只能用一貫對醫療工作的熱情，來確保自己不會被這樣的誤解與質疑打倒。

在這個時代，當醫生眞的需要一點熱情。即便挫折不斷，我還是認為醫生這個行業是個好工作，但卻不是個很「爽」的工作。

會覺得醫生這個工作很「爽」的人，往往都是不懂醫療生態的門外漢。以為看一眼、開幾個藥就有錢賺，只看到高薪、高社經地位這一面，卻忽略了醫生看似風光的背後需要付出的努力、必須承受的風險與委屈。

試想，當自己的電腦故障，不見得每個人都會求助專業的電腦工程師，反而會根據坊間的書籍、雜誌來按圖索驥，嘗試自己修理。但有誰會只看過幾本解剖學或外科學書籍，就會在生病時不看醫生自己診治？就算眞的異想天開敢這麼做，除了自己，大概也沒有對象肯讓你嘗試。

我們有絕對的專業（前提當然是長久以來的努力與自我充實）來窺探生命的奧祕，並且讓一個素昧平生的病患，能放心地赤裸裸躺在我們面前，讓我們開膛剖腹，最後還會對我們致上謝意。

或許是因爲醫療環境的惡劣與健保給付制度的不公，很多優秀的醫學生都對急重症醫療裹足不前。每每與醫學生談到這類的話題，我總是鼓勵大家：試著感受身邊美好的事物，讓自己可以被感動，更不要輕易被小事打倒。

既然無法改變自己的命運，就要試著享受上天賦予我們的責任。

# 薄紙般的信任

對比投訴單上慷慨激昂的血淚指控，與擺在護理站尚未凋謝的蘭花，這是何等諷刺的對照。

說來弔詭，大多數病患與醫師都是素昧平生，彼此的初次見面往往是醫院診間。僅僅幾分鐘，就要透過問診時簡短的交談，換取病患的信任，讓他接下來願意把身體、生命，交給一個只見過一面的人。

這份信任如同一張薄紙，稍有不慎，就會斷裂破損，然而它卻得承受一條生命的重量。

由於我工作的機構是教學醫院，經常有尚未畢業的實習醫學生在此受訓。在不影響病患安全與權益的情況下，我會讓學生試著接觸病人，練習做身體檢查，甚至是簡單的治療。

這一週，跟著我的團隊一起實習的是一位女同學，無論是談吐或學識都出類拔萃，護理同仁對她的工作態度也多給予好評。每天的查房時間，除了病人的病情之外，我們也會就疾病與治療進行教學討論。

有一天晚上我值班，一位胃穿孔的老太太在半夜接受手術。隔天早上，我帶著這位實習生去查房，本以爲這是剛入院的病人，她應該還不清楚病史，正打算向她說明病人目前的狀況，以及該注意的事項，沒想到我還沒開口，她已經可以針對病史跟我做簡報。

「病患是七十八歲女性，因爲腹膜炎接受潰瘍穿孔修補手術。凌晨三點回到病房，目前生命徵象穩定，五點的時候曾發燒一次，給予冰枕後已經退燒。手術時放置的引流管，到現在五個小時共引流七〇毫升，引流液也很清澈。」令我驚異的是，除了病史之外，連病患目前的狀況她也瞭若指掌。

「這位醫師很認眞唷！她早上不到七點就已經來幫我們換藥，還有關心我媽媽的病情。」一旁的家屬也忍不住插話。

接下來的幾天，這位同學始終與家屬保持良好的關係。幾乎每次我帶她去查房，家屬總會在我面前誇獎她幾句，「這位年輕醫師很有前途，你們一定要好好栽培她。」、「我侄兒在國外讀書，人長得帥，家境又好，我想要介紹你們認識。」家屬竟還自告奮勇扮起紅娘，反而弄得這位同學相當不好意思。

之後的某天，老太太因爲發燒導致呼吸淺快，家屬因此相當擔心，也開始抱怨怎麼恢復不如預期。正在門診中的我接到通報，在瞭解了病患的狀況及家屬的焦慮後，我指示這位同學先去評估病患目前的呼吸情形，待門診告一段落後，我會立刻趕到病房。

或許是先前建立的好印象與信任感，家屬見到這位實習醫師後，沒有再多說什麼。評估過後，她向我報告病患的狀況，「雖然呼吸速率偏快，但目前在使用氧氣面罩的情況下還算穩定。」我相信她的判斷，因此請她先幫病患抽動脈血，看看血中的氧氣濃度，再安排胸部X光。

「傅醫師交待我先幫病人抽血，他馬上就過來。」實習醫師一邊準備抽血的裝備，一邊安撫家屬。

「婆婆，我現在要幫您抽血，會有點痛，麻煩您忍耐一下。」不同於一般的靜脈抽血，抽動脈血的角度與深度確實會增加病人的疼痛感。

「喔！好痛！」病人的手因爲疼痛而縮了回去，導致原本已經扎中動脈的針頭又跑掉了，不得已只好再重抽一次。

「妳行不行啊？要不要叫個有經驗的醫師來抽？」或許是不忍自己的母親那麼不舒服，家屬的口氣開始不客氣了，完全不同於今天之前對她的誇獎。

原本抽動脈血就不是那麼容易的事，再加上家屬在旁邊盯著看，這股無形的壓力竟然讓她有點發抖，那根針怎麼樣都不敢再扎下去。「妳走開，我媽媽不是妳的實驗品。妳還沒畢業，我不准妳碰我媽。」家屬大聲咆哮了起來。

這時候，我的實習醫師只好退到病房外，頹坐在護理站，因爲承受不住壓力而落淚。約莫五分鐘後，我趕到現場，爲免事件繼續擴大，趕緊完成病人的治療，也安撫了家屬的情緒。事實上，抽血的結果並沒有比預期糟，經過藥物治療後，老太太的呼吸也明顯平順了許多。

或許是危急的狀況已經解除，家屬又恢復了先前的笑容，「剛才不好意思，我只是擔心我媽的病情，所以口氣有點急。其實妳還是一個很認眞、很好的醫師。」

我很能理解病患家屬的心情，但即便如此，對別人的傷害已經造成。「在妳成長的過程中，被家屬羞辱這種事會反覆的發生；在妳成爲獨當一面的主治醫師前，還要面對無數次病人的不信任與質疑。」我以過來人的身分侃侃而談。「即使我今天已經當上主治醫師了，也不保證病人就會百分之百信任……。」我繼續講自己遇到的故事來安慰這位年輕實習醫師：

某一天下午，正好是五、六點的交班時間，忙了一整天的我正準備把工作轉交給值夜班的同事。在這個尷尬的時刻來了個緊急會診，外院轉來一位壞死性筋膜炎的患者，目前處於敗血性休克的狀態，已經使用了三種強心劑，血壓仍然非常低。前一家處理的醫院告訴家屬只能聽天由命，於是他們轉來本院碰碰運氣。

這是個很明顯在治療上相當困難的患者，再加上如此嚴重的休克，預期死亡率超過九〇％。

當時我有兩個選擇，一是告訴家屬回天乏術，開刀救活的機會不大，就算救活，也可能因爲腦部缺氧而變成植物人。在這樣的狀況下放棄治療，我相信沒有人會多說什麼，更何況病人在前一家醫院就已經被放棄急救了。

不過，我選擇第二種做法——決定開刀，幫病人拚拚看。原因只有一個，因爲這是一條生命。我所認知的「放棄」，是建立在已經盡了所有努力之上，而現在還不到放棄的時候。

雖然已是下班時間，我仍留下來與一位年輕醫師火速完成了大範圍的筋膜壞死切開、膿瘍引流與人工肛門造口手術。手術前，同事納悶地問我：「這種死亡率這麼高的手術，你幹嘛還要開？」還提醒我：「你一定要再三告訴家屬，他的病情在到院時就已經很糟了，如果救不活也是很正常的事。」

手術後病人在加護病房住了好一段時間，中間又反覆接受過數次清創手術。經過二十多天的努力，總算治療成功，病患轉入普通病房。坦白說，我很享受這種擊退死神的成就感。

病房裡，來探視的家屬絡繹不絕，每個人都對我感謝又感謝，覺得送對醫院，也找對了醫生，使得原本已經瀕臨死亡、其他醫院又不願一拚的病人，居然被我給救活。家屬送了很大一盆蘭花給我，雖然上頭的落款「華陀再世」只是花店的制式用語，但對照病人當時的危急與現在的康復，我仍不免有點飄飄然。

在病房又住了十多天，所有的管路都已經移除，只剩下會陰部的傷口得每天換藥。於是我開始教導家屬自行換藥，以便做出院的準備。

「目前的治療已經告一段落，傷口也愈來愈乾淨，只要一天擦一次藥膏就可以了，恭喜你順利康復。」查完房後，我很高興地告訴病人與家屬。

「傅醫師，眞多虧有你，我這條命是你救回來的。」

「下一階段就要準備出院了，後續的治療在門診追蹤就可以。」

「我們暫時還不想出院，因爲我們有保險，每多住一天就可以多領一些理賠金。」一講到出院，家屬的態度丕變。

「就醫療上來說，你已經沒有住院的必要，我會教你傷口的護理與換藥，回家之後，可以自行照顧。」對於這種爲了請領保險金而多住幾天的要求，我通常會當作沒聽見。

這樣的拉鋸戰又持續了幾天，最後病人終於肯辦理出院。想當初他帶著瀕臨死亡的嚴重休克，又求救無門，沒有人預期他可以走路回家。

出院三天後，這位病人補送了一份禮物給我：一張投訴單。

投訴的內容是主治醫師趕他出院，沒有醫德。對比投訴單上慷慨激昂的血淚指控，與擺在護理站尚未凋謝的蘭花，這是何等諷刺的對照。

我始終相信，醫師與病人之間是一種緣分與信任。因爲這份信任，所以病人放心把生命交給醫師；也正是背負著這份信任，所以醫師盡心盡力治療病人的疾病，儘管這份信任有時候脆弱如一張薄紙……。

# 自救或救人

在這個醫病關係緊張的時代，醫師寧可把病情講得很嚴重而導致病患轉診，也不願意承擔有可能因誤判而被告的風險。

醫界前輩有句名言：「當好醫師的第一要件，就是先學會保護自己；唯有保護好自己，才能拯救病人。」

電視裡播報著一則醫療糾紛的新聞，一位長期流鼻血的老人在診所治療了好幾次，仍然斷斷續續地發作，因爲不放心於是轉往大醫院就診，赫然發現是惡性腫瘤。家屬憤而投訴民意代表與媒體，質疑診所的醫師延誤了診斷與治療。

這類新聞屢見不鮮，在醫病關係不對等的狀況下，相信短時間內不會停止。門診來了一位現場掛號的患者，是個國中生，由媽媽陪同來看病。他臉上蓋著一塊紗布，上面有些已經乾掉的血漬，看起來應該是剛受傷沒多久。

我正準備撕掉紗布檢視傷口，病人的母親在旁邊提醒：「醫生，請您小心點。我兒子可能是血管瘤在大出血。」

聽到這樣的提醒，我動作自然而然慢了下來，更加小心地撕下紗布，以免出血。但令我疑惑的是，這樣的傷口怎麼看都不像「大出血」，況且，所謂的「血管瘤」又是如何診斷出的？

「你的血管瘤已經多久了？中間有經過任何治療嗎？」雖然還沒看到傷口全貌，我還是必須把病史問得詳細一點。

「以前沒有檢查過，我們今天先去診所看病，是那邊的醫生告訴我們的。」

「哦……診所的醫生？」既然是同業的診斷，想必一定有憑有據，那我更得注意會造成「大出血」的可能。

當我小心撕開紗布，卻只看到一顆青春痘被摳破皮，而且血也止住了。

我抬頭看了病人的母親一眼，顯然她和我一樣不解。「怎麼沒有流血了？剛才真的血流不止耶！」家屬有點疑惑，也有點尷尬。

「臉上的血液循環很好，往往一個小傷口就會流血。一般來說，只要用壓迫止血就夠了，稍微壓久一點，就可以止血。」雖然只是烏龍一場，我還是必須告訴他們正確的觀念，於是我一邊換藥、一邊幫他們衛教。

「診所的醫生說如果血一直止不住，就有可能是血管瘤的出血，叫我們趕緊來大醫院看。」

本來想告訴他們不需要那麼大驚小怪，但一聽是同行轉介，我不便再多說什麼。

換完藥，我說明了回家後該注意的事項，又預約了下次回診時間。看診結束前，病人的母親又問：「診所的醫生還建議我們去看血液科，他說我兒子可能是血友病，才會止不住血。」

我只得再教育他們一次，一切都很正常，很多事情沒有想像中那麼嚴重。病人及家屬知道自己沒有血管瘤、也沒有血友病之後，很高興地領完藥就離開了。

我絕對相信診所同行一定知道這不是血管瘤，更不是血友病，但我也可以理解他們將患者轉診的理由。在這個醫病關係緊張的時代，醫師寧可把病情講得很嚴重而導致病患轉診，也不願意承擔有可能因誤判而被告的風險。

就像這個病人，他們絕對不會埋怨醫師診斷過頭，反而會感謝他幫自己設想到可能的結果。但如果真的不巧，病人有什麼嚴重的疾病卻沒被診斷出來，可以預期的是媒體圍攻、民代投訴，甚至吃上官司。

而這一切就是要怪你「當初為什麼沒有看出來？」

消費者抬頭的時代來臨，病患的權利意識也跟著高漲，病人與家屬都要求醫師要提供百分之百的保證；而面對醫療可能產生的錯誤，醫師們也都害怕動輒天價的賠償、媒體的追殺、民粹式的羞辱。也因此，醫界開始有了自我保護機制，醫療人員普遍有著「寧可被嫌無能，也不逞強充好漢」的心態。

手術前解釋病情也是一門學問，醫師必須先把可能的風險、併發症，甚至死亡率都講得一清二楚，同時卻又必須給病人接受治療的信心，這當中的分寸相當難以拿捏。

把話講得太滿、太有自信，難保不會遇到預期之外的併發症，因為醫療存在著太多不確定性，於是病人免不了有抱怨；有的醫生則選擇把病情講得很嚴重，或強調手術風險非常高，以免讓病人有太多期待。但拚命說重話的結果，就是把病人都嚇跑了，人家反而不敢給你治療。

記得我剛當主治醫師的時候，經常被病人嫌太資淺，因此不願意讓我開刀而轉院。爲了留住病人，那陣子有時候會開出自己不一定辦得到的條件，或是把「沒問題」、「不可能」這些字眼掛在嘴邊，現在回頭想想，不禁替自己當年的莽撞捏把冷汗。

偶爾值班也會遇到外院轉來的病患，其實根本沒什麼大病，或是他需要接受的手術並不是什麼了不起的大手術，但病人往往會在原醫院被告知「你的病很嚴重」、「你需要接受的手術風險非常高」，嚇得病人趕緊轉往醫學中心就診。當時年少輕狂，看到這類的轉診，總會用瞧不起的口吻調侃將病人轉診過來的醫師：「怎麼連這個都不會看？」

現在才知道，這是在基層醫療打滾多年後的、前輩們的智慧。

這些年隨著經驗的累積、年紀的增長與周遭太多光怪陸離的遭遇，我也慢慢可以理解所謂「防衛性醫療」或「避險措施」的意義。學校教我們以病患的最大利益來安排治療與檢查，但社會的現實卻讓許多醫師以避免受到責難爲前提來進行醫療行爲。

當醫病之間的不信任感日益加劇，病人怕被誤診而要求愈來愈高；醫師也怕被告，因此提供愈來愈多看似精密但其實沒有必要的檢查，不僅浪費資源更苦了接受各項侵入性檢查的病人。

以防衛性醫療爲前提，醫師的決策考量便是建立在「不要被告」的原則之上，但矯枉過正的結果終究還是病人吃虧。許多民眾因此必須往返於各級醫療院所，來回奔波，或是一窩蜂擠進醫學中心，只爲那微乎其微的風險；要不就是重複接受各種不同的檢查，消耗時間又消耗金錢，甚至曝露在侵入性治療與輻射劑量的風險中，只爲了排除那萬分之一的罕見可能。

在救人之前，得先學會自救。

# 謝謝你的寶貴意見

家屬既然會到另一家醫院尋求第二意見的諮詢，照理說是希望得到更積極妥當的治療才對。

門診的叫號系統，下一號是個二十多歲的年輕人，但是走進診間的是一對中年夫妻，顯然不是本人來看診。

「病人是我兒子，他出車禍在其他醫院治療，我想說拿他的影像來給你看，聽聽你的意見。」病人的父親，把他手上的影像光碟遞給我。

由於非本人看診，所以我只接過光碟，並沒有插入健保卡，按照法規這種情形是不能收取看診費的，所以等於是一次免費諮詢。讀取光碟需要花點時間，這時病患的母親跟我說：「我在網路上查到你，知道你是外傷專家。」

「別這麼說，我沒有親自診視病人，所以只能就影像給些意見，實際狀況還是要以臨床評估爲準。」對於這些恭維，我都選擇不回應，也必需先就權利義務做個宣告。

剛好影像已經可以讀取，所以我把焦點轉回影像本身。

看起來是很厲害的肝臟撕裂傷，而且正持續出血中！

「肝臟有出血，現在狀況怎麼樣？」我覺得情況滿嚴重的，但是我也注意到影像的日期不是今天，而是兩天前照的電腦斷層，所以我很直覺想知道這兩天的治療情形。

「只有安排加護病房住院而已，那邊的醫師說血壓還算穩定，應該暫時不用手術，但是內出血不手術可以嗎？」病人的父親問我。

「如果生命徵象穩定的話，確實有機會可以採取保守治療，而且肝臟手術止血不容易，有時候會愈弄愈糟。」

「那邊的醫師也是這樣講，但是從頭到尾就只有一直輸血而已，其他什麼都沒做……。」病人的母親補充。

「不過這裡有血管破裂出血的證據，雖然不用開刀，但是最好做血管攝影來止血。」我指著影像中一個白點，那是出血的直接證據，如果照家屬的說法，那代表已經流血流兩天了……。

「所以還是要積極治療對吧！」

「當然！但不是每家醫院都可以提供『血管攝影栓塞止血』這個技術，你們要不要把病人轉過來？我可以先聯絡急診跟加護病房準備！」我覺得狀況緊急，幾乎是同時拿起電話，要來聯絡各單位，而且在我的觀念裡，家屬既然會到另一家醫院尋求第二意見的諮詢，照理說是希望得到更積極妥當的治療才對。

「不用了，我兒子昨天晚上過世了，那邊的醫師原本說只要觀察，暫時不用開刀，後來突然發生休克，就又說要緊急手術，結果人就沒了……。」病人的母親說著哽咽起來。

「謝謝你的寶貴意見。」父親倒是相當冷靜，把光碟取回後，向我點點頭拉著妻子離開。目送他們走出診間，只有我一個人呆坐在電腦前，我是否說了什麼？還是說錯了什麼？

# 剪不斷的關係線

不論白天或黑夜，不論上班或假日，病情的變化不會因外科醫師下班而暫停；醫師的責任也不會因下班而中斷。

有位外科界的前輩曾告訴我，外科醫師與病人有著相當緊密又特殊的關係。只要你「碰」過這個病人（幫病人開過刀），日後他有什麼風吹草動都與你有關。不論白天或黑夜，不論上班或假日，病情的變化不會因外科醫師下班而暫停；醫師的責任也不會因下班而中斷。就像一條無形的線，線的兩端緊緊繫著病人與醫師，無論他是在家中或是在醫院。

「你的病人就是你的病人！」這是外科醫師的責任與使命。

在經歷了某個徹夜忙碌的值班日後，隔天下班我帶著家人外出用餐，享受難得共處的時光，以及沒有手術的片刻悠閒。甫坐定點完餐，我起身去洗手間，回座時，妻子告訴我：「剛才你的電話在響，看來電顯示好像是醫院打來的。」

經年累月的值班生活，讓我早已習慣了二十四小時待命。半夜接電話、看會診或開刀，都是家常便飯。但我很怕在非當班時間接到醫院的來電，那通常意味著住院中的病人狀況有特別的變化，或是已經出院的病人又因爲某些因素回到急診，預期外的狀況總沒有好事。我試著回撥但無人應答，自此之後，整頓飯我吃得如坐針氈，幾乎每隔幾分鐘就要回撥一次。

妻子看出我的焦躁不安，「要不要去醫院看看？會不會是要緊事？」她很體貼地問我，儘管晚餐後我們已經安排了看電影的計畫。「應該是不用啦！連是誰找我我都不知道，去醫院也不知道要看什麼。況且如果眞的有要緊事，自然會再打來。」我安慰著妻子，其實也是安慰自己。

走進電影院之前，我又再撥了一次，因爲一旦電影開始播放，要再接電話就不容易了。這次電話終於接通，原來找我的是值班的住院醫師，「傅醫師，不好意思，下班時間還打擾您。只是您有一位住院中的病人，剛才病房通報突然呼吸變得急促，應該是氣喘發作了。」我想起那位氣喘的老太太，雖然這次我只是幫她切除發炎的膽囊，手術的部分早已恢復，但因為多年的肺部疾病讓她無法出院，已經反反覆覆發作過很多次了。

「你千萬別這麼說，我很感謝你第一時間告訴我病人的變化。她目前的狀況怎麼樣？」我向來不介意下班時間接電話，反而是有些住院醫師會因為害怕打擾主治醫師而選擇暫不通報。

「剛才我已經給她支氣管擴張劑，目前先觀察她的呼吸是否因為給藥而改善，等一下會再幫她抽血檢查。」

「你做得很好！那就麻煩你多注意一下，有什麼事情請隨時跟我報告。」

電影開演前，我掙扎了一下是否要把電話關掉，後來我決定只把鈴聲改為震動，在這個病人可能有變化的時刻，我不想也不能漏接電話。

果然電影看到一半，醫院又來電，為了怕打擾其他觀眾，我跑出戲院接聽，電影劇情的進展早已被拋到腦後。結果還是住院醫師打來報告後續：經過藥物的治療，原本急促的呼吸漸趨緩和，追蹤的抽血也顯示比前一次改善許多。我花了十多分鐘與他討論接下來該做的治療，以及該注意的事項。當然不忘再提醒他，有任何狀況要隨時告訴我。

再走進戲院時，劇情已銜接不上，整場電影就在斷斷續續的拼湊與忐忑不安的心情下結束。散場後的第一件事，便是趕緊打回護理站，確定老太太的病情是否穩定。「要不要繞去醫院看看？反正現在還早。」妻子看出我的擔心。

「我們先回家吧！住院醫師說現在比較穩定。大不了我明天早上早點去醫院查房就好了。」其實妻子很瞭解我，她知道我如果不親自看一眼無法安心。只是我也很矛盾，畢竟醫師不是超人，無法事必躬親，如果因為每個病人每天晚上都要走這麼一遭，遲早我自己也會倒下。

「你的病人就是你的病人！病情的變化不會因為你下班而暫停。」前輩的忠告言猶在耳，也讓我記起了自己的使命與責任。

「我知道醫院附近有一家有名的小吃店，不如我們去吃點宵夜？」回程路上，我提出了這個建議。「好啊！那等一下我先陪你去看病人，之後我們再去吃點東西。」妻子總是很慧黠地適時給我臺階下，她何嘗不知道吃宵夜只是藉口，想去看病人才是眞的。

到達病房時已是午夜，老太太正沉沉睡著。看來經過治療，氣喘的症狀暫時控制住了。病人的兒子見到我來醫院，感到相當意外，「怎麼這麼晚你還沒休息？我正打算明天早上遇到你的時候，再仔細跟你討論我母親的病情。」

「值班醫師有跟我報告你母親的病情，既然病情有出現變化，我就過來看一下，反正我住得不遠。」講這句話不是爲了博取家屬的感謝，而是眞心把病人當成自己的責任。

「目前看來是穩定多了，明天一早我會再來查房。希望今晚一切平安，我會請值班醫師多留意。」確認過病人的狀況後，我總算可以安心離開醫院。

回到家時已經是凌晨一點，折騰了大半夜，我跟妻子都累了，簡單梳洗之後很快地進入夢鄉。不知睡了多久，迷迷糊糊中彷彿聽到電話聲，起身接電話才知道是值班醫師來電，看了一下時間是凌晨四點半。「傅醫師，很抱歉半夜必須吵醒您。稍早跟您報告過的那位病人，現在喘得厲害，這一次藥物治療之後並沒有改善，現在要緊急插管，先跟您報告一聲。值班的總醫師正趕過來，加護病房的床位已經聯絡好了，插完管就會轉到加護病房。」

「該插管就趕快插管，千萬別耽擱了！」雖然我知道值班醫師可以處理，但我已經睡意全消。

「是不是有急事？你要再去醫院看一下嗎？」妻子此時也被我吵醒。

「應該是不用，值班的醫師應該可以處理妥當，不用太擔心！」

又過了幾分鐘，我開始起身換衣服，「妳先睡吧！我還是去看一下好了。」

妻子一句話也沒說。但從她的笑容中已經透露出早知道我會這麼做。

# 他是我的病人

我是否有權力替天行道？我本著良心救治病患，但這樣的「良心」，究竟是忠於專業，還是忠於是非？

從小到大，我們都被教育要「明辨是非」，但在我看來，醫療是個最沒有「是非」的行業。

不論是江洋大盜，還是人民保母，生命的價值都是一樣的。醫師沒有選擇病人的權力，更沒有替天行道的權力。

曾經有個頗有哲思的醫學倫理辯證：一個死刑犯被送往刑場執行死刑，卻在路上發生車禍。此時，醫師該怎麼做？能否因爲死刑犯是將死之人而見死不救？答案是不行。醫師在面對這種情況時，無論如何都要救，等到死刑犯被救活之後，再執行死刑。

一個忙碌的值班夜，急診連續接到兩位嚴重外傷的病患。一個是從事資源回收的中年婦女，在路邊撿拾瓶瓶罐罐時，被超速的來車攔腰撞上，送到醫院時已經沒有心跳與血壓，急救無效之後，我們只好宣布她的死亡。

另一位則是這起事故的肇事者，在撞倒拾荒婦女後，又失速衝上路邊護欄，車體整個變形，人也被卡在車內動彈不得。送到醫院時，全身有多處外傷與骨折，再加上渾身的酒味和胡言亂語，讓人分不清他究竟是醉到不省人事，還是頭部外傷造成意識變化。

我們一邊固定這個病患的傷處，一邊脫下他的衣物以進行全身傷口診視，衣服上混著汗水、血跡，還有充滿酒味的嘔吐物，刺鼻的臭味讓人想靠近都難。或許是傷口疼痛，再加上意識不清，他口中的髒話一刻也沒停過，甚至試圖揮拳攻擊醫療人員。大家費了九牛二虎之力才壓制住他，但仍控制不了他嘴裡口無遮攔的破口大罵。

「酒駕真是糟糕，自己不要命就算了，還連累無辜的人！」大家雖然忙著救人，但是對他的行爲實在是無法苟同，「我實在搞不懂，爲什麼我們要花力氣、費資源救這種自尋死路、害人害己的人？」一位被他吐了一身穢物的住院醫師忍不住抱怨。

沒多久，往生者的家屬來了，當他們知道自己的親人已經慘死輪下時，群情激憤的眾人要找肇事者理論，被我們趕緊擋在急救室門外。「殺人償命！」、「一命抵一命！」家屬隔著鐵門對裡頭大喊，「你們爲什麼要保護這種人？」我剛好走出急救室，被憤怒的家屬攔下來質問，爲免徒生事端，我什麼話也沒說，快步離開。

檢查的結果發現，肇事者有骨盆骨折造成的內出血，於是我安排了血管攝影栓塞治療。將病人從急救室推去血管攝影室的路上，往生者的家屬又是一陣追打。或許是過度悲慟而情緒失控，把醫護人員也當成了遷怒對象。

「這種人讓他死掉就算了！」、「你們把他救活，根本就是幫凶！」往生者家屬一句又一句的咒罵，聽在我們耳裡，卻像把利劍刺進心坎。我們豈是因爲站在肇事者這一方才施救？

有那麼一刻，我突然也對自己的身分和工作感到迷惘——我爲什麼要救這個肇事殺人的醉漢？

但我馬上恢復了理智。眼前這個病人或許十惡不赦，但我是否有權力替天行道，不去治療而放任他死亡？很顯然，我沒有這種權力。我只是醫療的提供者，不是正義的仲裁者，更不是法律的執行者。儘管我的是非觀念告訴我，此人死有餘辜，但我還是必須本著良心，救治這樣一位病患。

只是所謂的「良心」，究竟是忠於專業，還是忠於是非？

思緒一轉，急促又尖銳的救護車鳴笛劃破夜空，前後各有一輛警車開道。雖然病人還沒送來，但看到如此大的陣仗，在急診室待命的我們立刻知道此事非同小可。

原來，離醫院不遠處發生了重大社會案件。原本只是酒店酒客間的口角，在警方到場調解後，竟然演變成警匪槍戰。共開了十多槍，兩方人馬都有人中槍，雙雙被送到本院治療。

員警雖然身中三槍，所幸都只是肢體上的傷害，沒有生命危險。照完X光後，發現其中一顆子彈卡在大腿裡，並且造成骨折，因此很快交由骨科醫師進行手術。

另一個人雖然意識清醒，心跳、血壓也還算穩定，但胸口與腹部各有一處彈孔，很明顯已經穿透胸壁與腹壁形成穿刺傷。

「你去幫病人插三十二號胸管，我來安排手術。」看完前一個大腿中槍的病人後，我走過來看了這個病人一眼，接著告訴住院醫師我的決定。

「放胸管？不用先照張X光？」住院醫師對我的處置似乎有點疑慮。

「這是明顯的開放性氣胸，照與不照X光都不會改變他需要胸管的決定。」長期以來處理各種外傷的經驗，讓我幾乎已經對各種狀況形成反射反應。

「他目前沒有明顯的出血性休克，爲什麼要馬上開刀？」住院醫師接著問我。

「子彈已經穿透腹壁進入腹腔，因此開刀的目的是爲了確定子彈沒有貫穿腸子或其他器官。」在國外治療槍傷經驗豐富的醫學中心，或許會針對某些特定病患選擇性地進行非手術療法，先採取保守的治療與觀察，若病情出現變化再進行手術。但在臺灣，因爲槍傷不普遍，因此凡是貫穿腹壁的槍傷，幾乎都會進行剖腹探查或診斷性腹腔鏡手術，以確保子彈對腹腔內器官沒有造成傷害。

我走出急救室向在外頭等候的家屬說明我的處置，以及馬上要去開刀的決定。陪同的員警大哥知道自己的同僚沒有大礙，因此鬆了一口氣。反而是另一方人馬氣急敗壞，大聲指責開槍的員警們，「喝酒打架而已，有需要開那麼多槍嗎？出了人命你們怎麼負責？」警察不作聲，沒有和他們爭辯。我隱隱約約聽到家屬要找媒體與民代出面，控訴警方執法過當。

臺灣因爲有槍枝管制，槍傷相對罕見，再加上具有新聞性，因此格外引人矚目。手術結束後，一群媒體果然圍在加護病房外等候消息，基於保護病患隱私與不亂發言的原則，我刻意從側門離開，避開媒體記者，打算等隔天早上由長官統一開記者會發言。

但當晚槍戰的新聞已經沸沸揚揚，其中也包含了幾則關於質疑警方執法過當的報導，家屬甚至聲淚俱下地表示，他們只是善良老百姓。

看到新聞的時候，我不禁心想，警察爲了執行公權力而開槍，理論上應該是代表正義的一方；但從家屬或輿論「傷者爲大」的觀點來看，善與惡的界限似乎開始模糊。我想不透這箇中的道理，似乎孰善孰惡也不是任何人可以置喙的。

隔天早上遇到同事，「聽說昨晚有警匪槍戰，你替其中一個中槍的病人開刀，他是好人還是壞人？」

「我不知道他是好人還是壞人，我只知道他是我的病人。」

# 那些病人教我們的事

病人用他的不幸，成就了這位醫學生的幸運。而我輩能夠做的回報，就是珍惜這份犧牲，把前一位病患的不幸化做下一位病人的幸運。

醫師的養成教育是從一個又一個的病例中累積出來的心得。成長的過程中，醫學生得到了經驗，病人卻付出了健康；而未來，這些醫學生又從先前的經驗中，爲往後的病人換回健康。如此輪迴，永不停止。

前不久才剛中風的老太太，目前還在內科病房治療，雖然意識狀況已漸漸恢復清醒，但一側癱瘓的情形卻始終沒有改善，下一階段的治療是準備轉往復健科。這兩天，老太太的灌食狀況並不好，雖然言語表達不清楚，單就她的表情以及肢體動作，很明顯地看出她肚子很痛。

內科住院醫師做了初步身體檢查與X光，並沒有發現什麼異常之處。但因爲不敢掉以輕心，他聯絡了外科會診，請我去評估是否有需要開刀的可能。

會診的時間是當天下午，當時我正在幫幾位醫學生上課。接到通知後，我帶著他們一起去病房看病人，正好把剛才紙上談兵的上課內容，變成實際的應用。

病患因中風沒有辦法配合我的問診，但我只輕壓一下她的上腹部，瞬間皺眉的表情反應出她劇烈的疼痛非比尋常。「這是很典型的腹膜炎表徵。」我一邊檢查、一邊回頭告訴學生們。其中一個學生躍躍欲試想壓壓看，立刻被我制止，「剛才我壓的時候，大家應該都看到了，再壓一次只是讓病人再痛一次而已！」

我推了超音波過來，一面檢查病人肚子裡有什麼問題，一面也示範給學生看，透過黑白交錯的畫面，我指著其中一片陰影：「這就是腹水，正常人的腹腔內是不會有腹水的。當我們看見一個人肚子這麼痛，再加上超音波底下有腹水，一定要提高警覺。」這句話我講給學生聽，也講給自己聽。

學生們飛快地在筆記上寫下我說的話，有人用繪圖的方式畫下他所看到的影像，甚至有人拿出手機拍下超音波上的畫面。他們要好好把握這一刻，把腹水在超音波上的樣子，牢牢記在腦海裡。

由於種種腹膜炎的跡象，我建議做腹部電腦斷層，可以讓我更清楚問題所在，也能做爲之後可能要開刀的依據。已屆下班時間，雖然我告訴學生們有事的人可以先回去，但他們似乎都沒有離開的意思，大家都想知道病人究竟發生了什麼事。且能從一開始的評估一直觀摩到最後的檢查，也是很難得的學習機會。

我們一群人浩浩蕩蕩地走到電腦斷層室，檢查正要開始。「什麼病人這麼急，還勞駕你親自送病人下來？還有這麼多學生？」值班中的放射科總醫師一邊準備、一邊跟我閒聊。

「這位老太太狀況不太好，很有可能需要開刀，所以就跟過來了，順便讓學生見習一下。」過去只要是危急的病人做檢查，我幾乎都會出現在攝影室，所以跟放射科醫師早是舊識，長期並肩作戰的經驗讓我們配合得很有默契。

「你們今天運氣不錯，遇到最有經驗又最有教學熱忱的放射科總醫師，等一下電腦斷層做完，可以請他當場教你們判讀。」既然學生們都自願留下來，當然不能讓他們空手而回。

一張張的電腦斷層片陸續出現在螢幕上，我跟放射科醫師雖然沒有交談，但彼此都知道事態相當嚴重。「這是支配小腸的主要血管，你們看這一張的血管還是暢通的，但下一張血管就不通了，腸子可能會因此缺血。再看這裡，這一段小腸很明顯的顏色變了，這是腸壞死的證據。」放射科醫師帶著學生，很仔細地閱讀每一張片子。他的看法跟我一樣，這是腸壞死，一個需要立即開刀、並且死亡率很高的疾病。

我並沒有因爲自己的判斷正確而開心，反而對於病人可能會死於腸壞死而感到有點沉重。但學生們的心情卻相當雀躍，一個過去只出現在課本上的疾病，現在活生生地出現在自己面前，並且有專業的老師引領他們判讀如無字天書般困難的超音波與電腦斷層，這樣的機會千載難逢，就算把教科書全部背過一遍，也是百聞不如一見。

我趕緊走出檢查室，告訴病人家屬這是個需要立即手術的疾病。陪伴的家屬是媳婦，她表示自己沒辦法作主，必須等她先生從外縣市趕回來再決定，我只好交待病房一有消息就立刻通知我。此時已經過了晚餐時間，檢查既然告一段落，我叫學生們趕緊下班回家了。

「請問一下，她大概什麼時候要開刀？我可不可以留下來觀摩？」有位學生提出了這個要求。

「可以是可以，只是我不曉得她的家屬幾點會到，我也不確定家屬會不會同意接受手術，畢竟病人的年紀很大，手術的風險又很高。」

「這是我的電話，我就住在醫院附近。如果她要開刀的話，拜託請一定要通知我，不管多晚都可以配合。」學生把他的電話抄給我，他很想學習這台手術。

一直拖到晚上十一點，病人的狀況愈來愈糟，甚至需要使用強心劑才能維持住血壓，總算趕到的兒子也終於同意進行手術，病人被推進手術室時，已經接近午夜。我正準備開始進行手術，猛然想起下午那位學生，「幫我打個電話，有個醫學生要進來見習。」

「這麼晚了還要通知他嗎？應該已經睡了吧？」手術室的護理師有點遲疑。

「他自己說多晚都可以叫他的，我已經答應他了，要守信用。」我還是指示她去打電話。

不出幾分鐘，學生就出現了，我對他的效率和認眞感到驚訝。剛好此時，我的手術刀已經將肚皮劃開，顏色分明的兩種腸子出現在我們面前。和壞死的腸子比起來，正常的腸子是血流豐沛的粉紅色，壞死的那段腸子則是奄奄一息的黑紫色。對我來說，這種景象早已司空見慣，但卻讓一旁的學生目瞪口呆。

「你以前有沒有看過這樣的腸子、這樣的手術？」

學生只是搖搖頭，他忙著用眼睛、用腦袋、用筆記下這樣的場景。

「那你很幸運，因爲這樣的疾病不多見，如果你將來不是當外科醫師的話，今晚可能是你這輩子唯一見過的一次，一定要好好記住這一幕。」

病人用她的不幸，成就了這位醫學生的幸運。每一個醫師在成長的路上，都曾經像這位醫學生一樣，從遭逢不幸的病人身上汲取過經驗。而我輩能夠做的回報，就是珍惜這份犧牲，把前一位病患的不幸化做下一位病人的幸運。

# 因果與表象

我所認知的檢查，是為了診斷某個疾病的存在或變化，而不是用來證明或判斷別人的對錯。

凡事皆有因果，但也不能只看表象。

每一個事件的發生，常會引發一連串的連鎖反應，我們總想知道來龍去脈與前因後果。但除了因果關係之外，中間還有許多過程與細節。

某年大年初一，剛好輪到我值班。過年值班與平日很不一樣，一群因公留守醫院不能回家過年的同事，難得有緣齊聚一堂，大家便像家人般聚在一塊吃年夜飯。這時候上醫院的人不多，因爲大過年沒人喜歡上醫院——也就是說，會來急診的病人，病情通常都不輕。

值班中我接到會診的通知，有位外院轉診的病患，已經使用了相當高劑量的強心劑，仍處於嚴重休克狀態。一開始病人被送到住家附近的區域醫院，那裡的急診醫師發覺病情非同小可，建議他們轉到本院治療，交班時還特別強調，這個案例有「潛在醫療糾紛」的可能。

我檢視了一下病患全身，陰囊與鼠蹊部一整片紅腫，再加上嚴重的敗血性休克，我判斷這是相當棘手的會陰部壞死性筋膜炎，不僅需要大範圍的筋膜切開引流，還需要加上人工肛門腸造口手術，而且因為病患往往需要反覆地接受傷口清創手術，因此合併了相當高的死亡率。通常這類疾病都是發生在本身免疫力不好的病患身上。

「他需要馬上開刀，不能再等了！」我一邊指示住院醫師趕緊安排手術事宜，一邊向家屬說明治療計畫，以及手術可能面臨的高死亡率與高風險。

「昨天下午人還好好的，怎麼才一天就變成這個樣子？」面對親人可能死亡，我相信誰都無法接受，「他為什麼會得這個病？是不是吃了什麼不乾淨的東西？」

「我認爲應該跟吃東西無關，通常是免疫能力較差，或是本身有特殊疾病的人才會得到。不過這不是我們現在最需要擔心的，此時此刻最重要的，就是儘快開刀，說不定還有機會活命，其他的事都等到救活再說。」病人或家屬在知道自己或親人得了重病之後，經常會問：「我爲什麼會生病？」、「爲什麼是我生病？」對他們來說，非弄清楚生病的前因後果不可。

「他前天有做大腸鏡檢查，做完之後一直說肚子痛，我那時候就懷疑幫他做大腸鏡的醫生是不是搞出什麼紕漏。他現在的狀況會不會是前天的大腸鏡造成的？如果是的話，我要他負責到底！」把病人推進手術室前，我隱隱約約聽到病人的太太在抱怨。

雖然是新年期間，醫護團隊依然沒有鬆懈，經歷了數次手術，又在加護病房搏鬥了十多天，我們總算從死神手中搶回這條命。

在病人順利出院的隔週，他們回到我的門診追蹤。

「醫生，我到現在還是不知道，我爲什麼會得這個病，我要你『坦白』告訴我。」他特別加重了「坦白」兩個字的語氣。「我從頭到尾都對你很坦白啊！對於病情，我哪裡有隱瞞？」我對於他這樣的態度有點不解。

「會陰部的壞死性筋膜炎經常發生在免疫能力差的病患身上。按照您的生活習慣與過去病史，您有糖尿病已經十幾年，血糖控制情形又不穩定，再加上喝酒的習慣與肝硬化的老問題，基本上這些都是壞死性筋膜炎的危險因子。」我講了這麼多，無非是希望他能改變自己的生活習慣。

「我在發病的前兩天，因爲大便有血，所以在我們家附近的醫院做了大腸鏡檢查。

「做完之後，肚子就一直不舒服，隔天本來想去門診找幫我做大腸鏡的醫師，結果因爲除夕休診。我痛到受不了，只好跑去掛急診。那邊的急診醫師說這是正常的，只開點止痛藥就叫我們回家了。

「沒想到再過一天竟然變得這麼嚴重，我們只好又去急診，這次他連看都沒看就說我有生命危險，叫我們趕快轉到大醫院。

「我覺得幫我做大腸鏡的醫師一定有疏失！」病人義憤填膺地訴說自己的遭遇與想法。

我聽完病人的描述，當下沒有表示意見，多年的行醫經驗告訴我，言多必失，有幾分證據就講幾分話。

就疾病的發生率來說，這個病人本身就是壞死性筋膜炎的高危險群；但也有極少數的情況會因為大腸鏡造成直腸穿孔，糞便漏出後形成膿瘍與壞死性筋膜炎。在資訊不足的情況之下，這只是可能的懷疑之一，我無法斷言這個病人的病狀是否與先前的大腸鏡有關。為免製造更多誤會，我並沒有把腦中突然閃過的想法告訴他們。

況且就算真的是大腸鏡造成，也是文獻上記載可能的併發症之一，只要早點發現、早點處理都可以解決。我反倒是替隔天幫他看診的急診醫師捏把冷汗。當病患做完某項檢查與治療後感到不適，竟沒有通知原主治醫師，也沒有安排進一步檢查，逕自讓病人回家會不會太冒險了？

「我們出院之後，有回去找前一家醫院理論，院方跟我們開過一次協調會，但感覺上他們在互踢皮球。做大腸鏡的醫師說檢查很順利沒有問題，急診的醫生說一發現我們狀況危急，就立即安排轉診，所以也沒有疏失。」看來先前的交班沒有錯，這個病人果然是有「潛在醫療糾紛」的可能。

「我們全家都很感謝傅醫師救我一命，但現在有另一個要求想請您幫忙。請您開個診斷書，幫我們『證明』這次的病是做大腸鏡醫師的疏失。」

「診斷書上只能寫診斷以及醫療過程，至於造成疾病的原因均屬推測，所以不適合呈現在具有法律效力的文件上。」我很委婉地拒絕了他的要求。

「我們並沒有爲難那位醫師的意思，只是想知道眞相。」

「你說不爲難那位醫師，可是要我開這樣的診斷書是爲難我。」病人的要求讓我相當困擾，因爲我眞的無法證明。我的工作只是負責把病治好，我沒有資格判定誰是誰非。

「你們醫生都是這樣，互相掩護、互相包庇。」當我無法滿足他們的期望時，病人的太太突然在診間大吼，似乎忘記了前一分鐘他們全家都很感謝我，「前兩天才做大腸鏡，隔天就出事，你不覺得太巧了嗎？你不肯主持公道，難道我們就要這樣算了嗎？」

「時間點眞的是很接近沒錯，但妳先生本身的疾病與體質也不完全沒問題，這兩件事情可能相關，也可能不相關。我很同情你們的遭遇，但是我眞的沒有辦法幫這個忙，請您諒解。」雖然被她吼得有點莫名其妙，我還是希望自己能保持冷靜。

即使家屬對於我的說法相當不滿，但或許是看在我救了她先生的分上，也沒有再多說什麼。之後的幾次門診，爲了避免尷尬，我也不好意思問他與前一家醫院的糾紛到底進行得如何。

疾病的發生有太多可能原因，也可能不是單一原因造成。單純的因果論無法解釋充滿不確定性的醫療。

要「證明」是大腸鏡弄破腸子，難道要再開一次刀，親眼看到腸子的破洞嗎？這代價未免太大；況且，從發病到現在已經好幾個星期，就算腸子破了也早已癒合，又何必做某項檢查來「證明」腸子有破呢？我所認知的檢查，是爲了診斷某個疾病的存在或變化，而不是用來證明或判斷別人的對錯。

單就病人的邏輯來看，第一天做大腸鏡，第二天下腹痛，第三天壞死性筋膜炎，這是絕對的因果關係，因此寃有頭債有主，非討回公道不可。

但如果把每一個細節都放大來看，病人該對自己的生活習慣與身體狀況負責，更何況中間歷經了多家醫院、多位醫師，最後由我經手治療，每個人都扮演了一部分的角色，沒有任何一個因素能夠完全切割，從此脫離。所以，這當中的因果關係似乎沒那麼單純與絕對。

凡事不能只看表象。

# 勇者與莽夫

害怕卻堅持做對的事，才是真正的勇者。如果沒辦法當勇者，至少也不要當莽夫。

外科醫師的工作就是在手術刀與一針一線中治療病人，因此免不了接觸一些帶有傳染病的患者，更免不了因爲針扎等意外，讓自己曝露於被感染的危險中。有一次接到感染科病房的會診，一位愛滋病患目前住院治療，突然發生劇烈的右上腹痛，超音波檢查的結果是急性膽囊炎，可能需要手術治療。

聽到病人的病史時，心裡不免猶豫了一下，但既然是職責所在，也無法推辭，於是跟病人說明治療計畫，包括急性膽囊炎可以選擇直接手術將膽囊切除；也可以保守一點，先嘗試用藥物治療，沒有改善再安排手術。

「如果開刀可以一勞永逸的話，就快點開刀吧！」病人已經疼痛難忍。

「我有好幾個朋友都是因爲膽囊發炎而接受手術，從來沒聽說單純用藥物治療就會好。是不是因爲我有病，所以你不肯幫我開刀？」大部分的病患都會抗拒手術，因此他的質疑反而令我有些意外。況且我刻意不提他有愛滋病這件事，畢竟這跟他的急性膽囊炎無關，也不會影響到我的決定。會讓他做開刀與不開刀的選擇，純粹是專業上的考量，結果他自己卻主動提起。

「你千萬不要誤會，我沒有這個意思。如果有私心的話，我一開始就會直接建議採取保守治療就好。」或許他一直以來都受到許多異樣的眼光看待，所以格外敏感，我趕緊澄清這個誤會。

於是他接受了用腹腔鏡進行膽囊切除的建議。沒多久，我接到了手術室打來的電話，「傅醫師，等會要開刀的病人，你確定要用腹腔鏡嗎？不能用傳統的開腹手術嗎？」

「爲什麼不能用腹腔鏡？」我沒聽懂對方的用意。

「腹腔鏡的器械很複雜，清洗上比較不容易。而那個病患有愛滋病，我怕……。」果然又是因爲病患有特殊疾病的特殊考量。

「可是他沒有理由不用腹腔鏡手術，如果只因爲有愛滋病就讓他挨那麼長一刀，會影響病人的權益，好像說不過去吧！況且清洗手術器械不是有標準程序嗎？除了愛滋病患之外，B型肝炎、C型肝炎，甚至是梅毒患者，我們還不是都這樣開？也沒聽說過清洗器械有困難。」對於這個理由，我完全不能接受，還是堅持用腹腔鏡進行手術。

手術開始前，大家都如臨大敵，特別戴兩層手套，有同事甚至戴起護目鏡，「傅醫師，你要不要也戴個護目鏡，免得血噴到你的眼睛？」

「不用了，保持平常心就好。我向來是不戴護目鏡的，現在臨時戴，恐怕反而不會開刀了。」我不想逞強，但還是婉謝同事的好意，也自嘲了一番。

事實上，用腹腔鏡才是我的「特殊考量」。

所謂的腹腔鏡手術，就是在肚皮上打三到四個小洞，然後把攝影機與長器械伸進洞裡進行手術，因此除了一開始打洞時會用到手術刀之外，其餘大部分的手術內容都是隔著肚皮在腹腔裡操作，既不會接觸到銳利的刀械，也不必擔心被血噴到，反而比開腹手術更安全。

手術相當順利的結束，大家擔心的針扎意外風險，被我們降到最低。「你要幫愛滋病患開刀會不會怕？」將病患推出手術室時，同事問我。怎麼可能不怕？但就是因爲害怕卻堅持做對的事，才是眞正的勇者。

某一年計畫帶家人出國旅行，由於飛機起飛時間是傍晚，因此出發當天，我還是到醫院查房，剛好有個病人傷口癒合得不太理想。

臨走前，我打算幫他的傷口縫一針，結果病人一掙扎撞到我，縫針勾破我的手套，一滴鮮血瞬間從左手指流下，沒想到竟然在出國渡假前，遇到針扎這種倒楣事。

雖然心情大受影響，但我還是得把握時間完成針扎通報程序，包括幫病患抽血檢查，以及自己的抽血檢查等等。由於任何傳染病都有空窗期，一開始的抽血若是陰性反應，也不用高興得太早，疾病有可能還潛伏在空窗期之下。因此我只能寄望病人沒有特殊疾病。理論上病人的檢查若呈陰性反應，那表示他是健康的，那麼，我被傳染的可能性就低得多。

這位病人是酒店的圍事，住院的原因是與人打架，多根肋骨骨折外加氣血胸。看到這樣的病史，不禁擔心起他的生活與健康習慣，更糟的是，病人自承有吸毒與召妓的經驗。

「不好意思，剛才因爲幫你縫傷口，不小心扎到我自己，所以得麻煩您配合抽點血做檢查。」雖然情緒低落到谷底，但畢竟針扎是自己造成的，我只能客客氣氣地拜託病人。

「可不可以請教一下，你過去有沒有被驗出什麼特殊疾病？」雖然他講的不一定是眞的，但是我仍想先探探口風。

「我是有出去『玩』過啦！不過你放心，我找的都是很乾淨的！吸毒已經是很多年前的事了，而且我是吸安非他命，沒有打針啦！醫生你不要怕，我很健康的啦！」

我怎麼可能不怕？他的安慰反而讓我更害怕。

抽血的結果要兩、三天才會出來，我只好先上飛機再說。接下來的旅遊，一點興致也提不起，想到自己有被傳染疾病的可能，再美的風景也蒙上一層陰影。

我每天都惦記著這件事，在旅館醒來的第一個動作，就是算好時差打電話回臺灣，請同事幫我查病人的檢驗報告。

直到旅行的第四天，報告顯示無論是肝炎、梅毒或愛滋病，病人都是陰性反應，心頭的大石才放下來，但旅行也已經過了一大半。

擔任外科醫師這些年，總避免不了針扎、血濺等意外，如果病患身上帶有致命性病毒，其傳染風險不言可喻。雖然這些早在確定要當醫師時就已經有了體悟，可要說完全不怕，那是欺騙自己。即使時至今日，你問我怕不怕，我依然會點頭。但只要保護措施做得好，機率與風險還是可以降到最低。

面對未知的風險，如果沒辦法當勇者，至少也不要當莽夫。

# 先看時辰再生病？

病房裡鋪滿各種符咒與布幔，誦經之聲一度讓我以為走進了某個道場，陣仗之大是我從來沒有見過的。

某一天的門診，有一位疑似淋巴癌的女病患，從血液腫瘤科門診被轉介過來，因爲需要用手術切片的方式來確認她的腫瘤型態，如果證實是惡性腫瘤，必要時需要植入人工血管來進行後續的化學治療，而這些步驟也都需要外科醫師的協助。

我一向習慣問清楚每個病人的病史，即使只是個再簡單不過的小手術：發病的過程、是否有過什麼特殊疾病，或是對什麼藥物過敏……等。

「妳這樣的情形已經多久了？」我指著病人全身腫大的淋巴結問她。

「已經一年多了，一開始是摸到脖子上有一顆，那段時間發燒了好幾個月都沒好。接著這一年來，脖子上愈長愈多，現在連大腿內側也全都是。」病人一邊說還一邊拉下褲子，果然股間也長滿了腫大的淋巴結。

「一年來，妳都沒有看醫生嗎？」我對於病人居然可以放任身體上的異狀這麼長時間，感到相當意外。

「我們家一向是請神壇的師父看病，這一次剛開始也是先問師父，他說我是沾到不好的髒東西，只要心誠打坐，再加上符水就會好了。」病人的話讓我知道，即便是二十一世紀的今天，還是有人會相信這樣的無稽之談。

「看來妳的師父沒有幫上忙。況且這是很明顯的淋巴腺腫大，不能排除淋巴癌的可能。我會幫妳安排切片手術，等到腫瘤的化驗報告出來後，血液腫瘤科的醫師會幫妳妥善治療。」

「生病的時候一定要看醫生，千萬不要再相信什麼師父了。」由於我的工作只是提供手術的技術，詳細的治療過程非我專長，所以也不便多說，但我還是忍不住提醒病人，她的病其實是被自己和那些信口開河的江湖術士給耽誤了。病人聽完我的話，不置可否，沒表示意見。

我知道人在生病的時候總會特別脆弱，除了尋求醫療上的諮詢外，宗教也是很多人的心靈寄託。我個人並沒有特定的宗教信仰，但對於宗教撫慰人心的功能，我是持正面態度的。只是，對於有些人近乎迷信的宗教行爲，甚至是耽誤到醫療行爲的無稽之言，還是無法認同。

因爲只是單純的切片小手術，病人和家屬都希望當天就能做。但仔細評估欲切除的腫瘤後，我發現它其實不若外觀看起來那麼表淺，實際上可能不只在皮下，甚至可能在更深層的肌肉後面。我的判斷是，單靠局部麻醉可能有困難，不僅止痛不易，一旦流血，也很難控制；再加上病人因心血管疾病而長期服用抗凝血劑，因此建議今天先住院，隔天在麻醉科的協助下進行手術，比較安全。

病人的女兒面有難色，「眞的不能今天做，非得等到明天嗎？」

我只好再說明一次打算隔天做的理由，甚至補了一句：「如果不怕痛的話，當然今天下午做也可以。只是就如剛才所說，這麼深的腫瘤切片，單靠局部麻醉可能不夠。」

「好吧！那也只能這樣了，讓我先聯絡一下我妹妹。」

我本來以為她要聯絡的是住院的時間，以及負責陪伴的家屬，豈知她電話拿起來就說：「妳那邊有沒有農民曆？外科醫生說今天不能開，妳幫我看一下明天的日子怎麼樣？適不適合進行手術？有沒有什麼禁忌？」沒想到她竟然在聯絡這方面的事情。

病人的女兒對著電話講了幾分鐘，神情似乎相當凝重，看來還需要一陣子才會有答案。由於候診區還有其他的病患在等待，我只好請她到診間外去講電話，等到有結論之後再進來確定。

「媽媽屬兔，八字是……我還沒辦住院，所以病床的方位還不確定。」音量大到診間裡都聽得一清二楚。「手術室的方位？我不清楚……。」說著她又敲門進來，打斷了我與其他病患的對話，「不好意思，請問手術室在幾樓？我請師父先過去看一下。」

「只不過是個切片的小手術而已，需要那麼大費周章嗎？」我對於她們的態度實在不理解。「傅醫師，這年頭什麼人都有，人家的信仰我們要尊重。」一起看診的護理師要我別那麼在意。

最後終於有結果了，在特地請來的師父看完方位後，家屬們同意隔天進行手術，只是有附帶條件，「要麻煩您安排在早上十一點到十二點之間，我們有看時辰，這點請您務必幫忙。」

「我會盡量配合，但是我不能給妳保證。」我不想給她承諾，畢竟開刀這種事很難確定時間，如果病情有什麼變化，我可不想被怪罪是因為沒有「準時」安排手術。

病人當天下午順利住進病房，但是陣仗之大是我從來沒有見過的。雖然單人病房裡，愛怎麼布置是病人的自由，但她的病房裡鋪滿各種符咒與布幔，誦經之聲一度讓我以為走進了某個道場。

「你們會不會太誇張了？明天只是做個淋巴腺的切片，又不是要開什麼了不起的大手術，而且說不定明天早上開完，下午就可以出院了……。」雖然不關我的事，可是我對他們的小題大作仍感到意外。

「我們只是希望一切順利，凡事還是小心點好。」這時候才明白他們所謂的

「小心謹慎」，其實還包含了求神問卜。

病人的女兒問我切片檢查何時會有結果，「切片的化驗沒那麼快，大概要三到五天，等出院後，下星期再回來我的門診看報告。」

「妳記下門診時間了嗎？看報告之前一定要請師父過來，我相信只要師父在現場，醫生一定會有好消息告訴我們的。」病人回頭交待她女兒的話，再度令我錯愕。

隔天的手術一如家屬的期待，在十一點半左右開始，手術時間不到半小時就順利完成。病人開完刀後，下午復原良好，於是建議她可以回家休養等化驗報告。不料，這當中又是一陣拉鋸，因爲他們又請師父來確認可以出院的時辰，希望在天時、地利、人和的最佳狀態下離院。

雖然只是個小手術，但見到病人恢復，我還是開心地恭喜她順利出院。「醫生，謝謝你的配合，一切都進行得很順利。有很多朋友知道我媽媽臨時要住院，都表示要來探病，我請他們不用麻煩了。

「一方面是因爲只住一個晚上，昨天住院今天就可以回家；另一方面，師父有特別交代，凡是屬雞、屬龍、屬兔的人都不可以接近病人，因爲我不方便一一問朋友們生肖是什麼，所以乾脆請他們都不要來。至於我跟我妹妹，一個屬猴、一個屬狗，師父算過都沒有問題。」

我能認同所謂的「醫術醫人，宗教醫心」，但病人家屬這種幾近走火入魔的迷信，實在有點過頭了。

「那我要坦白告訴妳一件事，幫妳開刀的醫生就是屬龍。」

後記

# 你是專看跌打損傷的醫師嗎？

這是行醫多年來，經常被問到的問題。很多人都不清楚外傷急症外科是看什麼的，我們與骨科或急診科又有何不同？

雖然我的病患多半來自急診，但我是不折不扣的外科醫師，專門治療外傷與急症的外科醫師！

正因爲急症與外傷的病患充滿了緊急性與不確定性，即使身爲主治醫師，仍需要二十四小時在醫院值班，第一線救治病人是我多年來的工作。或許犧牲了不少睡眠時間、休閒時間、與家人相處的時間，但換來了一條條年輕且寶貴的生命得以存活。每一條生命背後都代表一個故事，醫師的工作就是幫病人寫故事，這當中的成就感並非金錢或時間可以衡量！

從北到南，我待過幾家不同的醫學中心，很幸運地遇到不少志同道合的伙伴，即使是醫療環境越來越艱困的今日，大家仍然本著熱愛生命與工作的熱情，不分日夜守護外傷與急症病患的生命。因此自從入行執業以來，我始終以身爲一個外科醫師爲榮，以身爲一個外傷急症外科醫師爲榮。

從來沒有想過，在醫療的本行之外，有一天我會成爲作家。原本只是在網路上聊聊工作點滴與生活趣事，無心插柳的結果竟然累積了超過百萬人次的瀏覽數，二〇一一年得到華文部落格最佳生活綜合類首獎更是意外中的意外。這讓我的文章內容從分享生活進而到反思生命，也才有了這本書的誕生。

一路走來，最感謝的是昌妮無悔的支持。無數個値班夜，我們一整晚只有講一句電話：「我在開刀，晚點再說。」而所謂的「晚點」，往往都已經是隔天早上。當外科醫師的妻子，必須有忍受孤獨的過人能力。

我也要感謝我的老師——陳瑞杰教授，是他帶我入行，一路指導與鼓勵我能夠獨當一面；以及曾經是我的學生、現在是好友的北醫附醫神經科主任李小薰醫師，在她的鼓勵之下，開啓了我寫作之路。

更要謝謝各位支持我的讀者們，我會繼續努力！

## 新版後記

# 「拚命」的意義

除了CPR，我們還可以做什麼？

某個接近下班的傍晚，外科急診送來一個在工地墜樓的年輕男子，映入眼簾的是一根鋼筋，觸目驚心地插在傷患胸口。

「我們抵達現場的時候，病人還有意識可以說話，但是脈搏相當微弱，結果在救護車上就失去意識、心跳停止，我們立刻開始CPR。」救難人員指指裝在病人身上的自動壓胸急救裝置，正規律地進行體外心臟按摩，然而生命徵象監控儀上，卻始終只有一條線。

「繼續心臟按摩，強心劑每三分鐘給一支，如果心律有恢復，再安排後續檢查與治療，否則給滿十支的時候請記錄病患死亡時間，」和我一同當班的總醫師，對於急救相當有經驗，因此他很快地交待接下來半小時要做的事。

按照正常的急救程序，如果ＣＰＲ三十分鐘都沒有反應，就可以宣告死亡，畢竟傷得如此嚴重，狀況這麼糟糕，應該不會有任何人期待醫師能起死回生，也不該有人會責難醫療過程。

「讓病人側躺，我要把胸腔切開！」我下達了這個指令。

「開胸？」總醫師有點疑惑，不確定我要做什麼。

「這是唯一的機會，拚一拚吧！如果被刺破的心臟能及時修補，或許還有存活的可能。我們要幫他撐到手術室。」病人最終需要的是送進手術室治療，但在此之前，他必需活著，死人是沒辦法接受手術的。

於是我們在急診急救室七手八腳就把胸腔切開，曝露出已經停止跳動的心臟，我把心包膜剪開，在大量鮮血流出後，出現在眼前的是因爲鋼筋造成的心臟穿孔。

「手術針線給我！」接過護理師遞上的簡陋針線，我快速把心臟的破洞縫起，接著直接用手按壓心臟！

「大量輸血！快！」既然心臟的破洞已經修補好，這時候病人需要的是補充流失的鮮血。

心臟這時仍是扁扁的，因爲血已經流乾。

心臟這時不會跳，必需靠我用手一下一下地擠，心電圖仍是一條直線。

突地，心臟動了一下！而且是有力地扭動！

「有了！有了！有了！」我和同事一陣歡呼，心臟在我們面前恢復搏動，那種你捏一下、心臟回跳一下的感覺，就如同與新生命共舞一般！

「隔著手套，我幾乎可以直接觸摸到生命的源頭。心臟在我眼前奮力跳動，似乎在告訴我不要放棄它。」十多年前我的第一本書《拚命》裡，寫著這句話，十多年後的我仍做著同一件事。

如果心臟可以跳回來，病人便可以接受後續的治療。

手術室那邊已經待命，隨時可以進行後續手術。心臟雖然恢復跳動，但還需要我們幫它加把勁，於是我們一下一下地捏著心臟搭電梯，把病人護送進手術室，或許未來還有很長的路要走，或許終究難免一死，不過外傷醫療的第一仗，我們守住了。

從事外傷醫療這些年，雖然各種手術的經驗都累積不少，我卻始終覺得「急診開胸手術」是外傷醫療第一線的極致處理：在急診室裡用最陽春的器械與最快的速度，切開心跳停止的病人胸腔，夾住主動脈控制出血，甚至用手擠壓心臟，直接刺激生命的源頭。它當然是一門技術，但更需要運氣，無論是病人的運氣、還是醫師的運氣。

「這種手術眞的太神奇了！」當天在急診見習的學生，事後相當興奮地問我，也同時查找著網路上相關的醫學文獻。

「我同意！大部分的醫療院所是不做這個處置的，這需要天時地利人和，剛好有適合的病人，以及能夠提供這個技術的團隊。而且坦白說，病人送進急診已經沒有心跳血壓，我只要照程序CPR三十分鐘，然後宣告急救無效死亡，沒有任何人能期待或要求，醫生要『起死回生』，更不能怪我爲什麼『見死不救』，因爲他早已是死人。」

「可是過去的文獻也說，最終的存活率還是很低……。」繼續翻找相關研究論文，下一秒學生的表情從興奮變成困惑。

「但也不能否認，不是每個病人都能被起死回生，起死回生也眞的只是奇蹟而已。文獻上的報告，大約不到五%的病人能因此救活，但即使在急診被救活，之後也會因爲種種原因死亡或重殘，能夠活著且保有正常功能出院的病人，恐怕千分之一。」

「那我們做這麼激烈的處置意義何在？最後還不是死亡？」

「人終究都會死，如果用『最後還是死亡』，做爲否定前端處置的價值，這是不公平的事。病人送到急診的時候，基本上已經死了，所以這個手術的目的，只要能讓他活著離開急診進行下一項治療，就不能說是失敗。」

這是我回答學生的話，身爲第一線的外傷醫師，幫病人拚命是我的職責，所以也對搶救生命有著近乎頑固的執著。儘管文獻報告的成功率只有百分之一、千分之一，那也是做了一百個一千個之後，用那唯一成功的案例來鼓舞自己，其他的九九九個雖然失敗，但這眞的是盡力的極致。

十多年前剛當主治醫師時，曾親眼目睹恩師替一位胸口中刀的病人做這個處置，心臟在我面前恢復跳動的震撼與感動，久久不能忘懷，也推著我一路往外傷醫療的路前進。

那時候寫的第一本書《拚命》，談的就是這股拚命替病人拚命的衝勁，今時今日我還是如此堅持。身爲外傷醫療的最後一線，如果也都只是做到剛好而已，那要如何自稱戰到最後一兵一卒？如果什麼都只是剛好，那我們注定平凡。

## 【作者簡介】

### 傅志遠 Peter Fu

外傷急症外科醫師、長庚醫院教授、臺灣外傷醫學會學術委員會主委、作家。

自二〇〇八年起投身於外傷急症外科，堅守外傷醫療第一線，長年救治外傷與急重症病患。同時，對醫學教育與臨床研究充滿熱忱，連續多年獲選為優良教學主治醫師，並創辦網路教育直播節目，致力於推廣醫學知識。

被譽為「會說故事的外科醫師、會開刀的作家」，出版多部散文集，或探討生命意義與醫病關係，或以幽默諷刺的筆觸，描寫醫師在專業養成過程中可能面臨的挑戰。近年來，開始嘗試小說創作，並推出《H.O.P.E. 沉默的希望》三部曲，該系列已確定影視化。

十五年前，出版了首部實體作品《拚命》，記錄與死神交手的驚心動魄與生命的堅強。

十五年後，他依然站在崗位，繼續與死神搏鬥，奮力拚命！

·Blog「急症外傷外科的大小事」：www.peterfu.com.tw

·Facebook：傅志遠 Peter Fu

（拚命團隊）

拚命【增訂新版】：外傷急症外科的生命救援現場/傅志遠 著. -- 初版. -- 臺北市：時報文化出版企業股份有限公司, 2025.04
240面；14.8X21公分
ISBN 978-626-419-360-3 (平裝)

863.55　　114003055

ISBN：978-626-419-360-3
Printed in Taiwan

VIEW 154

**拚命【增訂新版】**
**外傷急症外科的生命救援現場**

**作者**　傅志遠｜**主編**　尹蘊雯｜**責任編輯**　王瓊苹｜**責任企劃**　吳美瑤｜**封面設計**　張巖
**內頁排版**　芯澤有限公司｜**副總編輯**　邱憶伶｜**董事長**　趙政岷｜**出版者**　時報文化出版企業股份有限公司　108019 臺北市和平西路三段240 號 3 樓　發行專線—（02）2306-6842　讀者服務專線—0800-231-705．（02）2304-7103　讀者服務傳真—（02）2304-6858　郵撥—19344724 時報文化出版公司　信箱—10899臺北華江橋郵局第 99 信箱　時報悅讀網—www.readingtimes.com.tw　電子郵件信箱—newlife@readingtimes.com.tw｜**法律顧問**　理律法律事務所　陳長文律師、李念祖律師｜**印刷**　勁達印刷有限公司｜**二版一刷**　2025年 4月11 日｜**定價**　新臺幣380元｜（缺頁或破損的書，請寄回更換）

時報文化出版公司成立於1975年，1999年股票上櫃公開發行，2008年脫離中時集團非屬旺中，以「尊重智慧與創意的文化事業」為信念。